L'enterrement des rats et autres nouvelles

Bram Stoker

L'enterrement des rats

Si vous quittez Paris par la route d'Orléans, après avoir traversé les fortifications et tourné à droite, vous vous trouverez dans un endroit un peu sauvage et pas du tout agréable. À droite, à gauche, devant, derrière vous s'élèvent de grands tas d'ordures et de détritus que le temps a fini par accumuler.

Paris a une vie nocturne aussi bien que diurne, et un voyageur de passage qui rentre à son hôtel, rue de Rivoli ou rue Saint-Honoré, tard dans la nuit, ou qui le quitte tôt le matin, peut deviner, en approchant de Montrouge – s'il ne l'a déjà fait –, à quoi servent ces grands chariots qui ressemblent à des chaudières sur roues qu'il trouve arrêtés un peu partout quand il passe par là.

Chaque ville possède ses institutions propres, créées à partir de ses propres besoins. Ainsi, l'une des institutions les plus notables de Paris est sa population de chiffonniers. Tôt le matin – et la vie parisienne commence très tôt –, on peut voir dans la plupart des rues, placées sur le trottoir en face de chaque cour et de chaque allée, et dans l'intervalle de deux ou trois maisons, comme cela existe encore dans certaines villes américaines, et même dans certains quartiers de New York, des grandes boîtes de bois où les domestiques, ou les habitants, vident les ordures accumulées pendant la journée. Autour de ces boîtes se réunissent, puis s'en vont, lorsque le travail est terminé, vers d'autres champs de labeur et vers d'autres pâturages nouveaux, des hommes et des femmes misérables, crasseux et l'air affamé, dont les outils de travail consistent en un sac ou un panier grossier porté sur l'épaule, et en un petit râteau avec lequel ils retournent, sondent, examinent dans le plus grand détail les boîtes à ordures.

À l'aide de leur râteau, ils ramassent et déposent dans leur panier ce qu'ils trouvent avec la même facilité qu'un Chinois utilise ses baguettes.

Paris est une ville centralisée, et centralisation et classification sont étroitement liées. Dans un premier temps, alors que la centralisation est en train de devenir effective, ce qui la précède, c'est la classification. Tout est groupé, par similarité ou par analogie, et de ce groupement de groupes surgit une unité entière ou centrale. On voit rayonner une multitude de longs bras aux innombrables tentacules, tandis qu'au centre se dresse une tête gigantesque ayant un cerveau qui a le pouvoir de comprendre, des yeux perçants qui peuvent regarder de tous côtés, et des oreilles sensibles pour écouter – et une bouche vorace pour avaler.

D'autres villes ressemblent à tous les oiseaux, bêtes et poissons dont l'appétit et le système digestif sont normaux. Paris, seule, est l'apothéose analogique de la pieuvre. Produit de la centralisation portée à l'absurde, la ville représente bien la pieuvre ; et il n'est aucun aspect où cette ressemblance est plus curieuse que dans la similarité avec l'appareil digestif.

Ces touristes intelligents, qui, ayant abandonné toute individualité entre les mains de MM. Cook ou Gaze, « font » Paris en trois jours, sont souvent intrigués par le fait qu'un dîner, qui, à Londres, aurait coûté à peu près six shillings, peut ne pas dépasser trois francs dans un café du Palais-Royal. Leur surprise n'aurait plus de raison d'être s'ils voulaient bien considérer la classification comme une spécialité théorique de la vie parisienne, et s'adapter à tout ce qui entoure cette donnée à partir de laquelle le chiffonnier a sa genèse.

Le Paris de 1850 ne ressemble pas au Paris d'aujourd'hui, et qui voit le Paris de Napoléon et du baron Haussmann peut à peine se rendre compte de l'existence de l'état des choses il y a quarante-cinq ans.

Néanmoins, on peut compter au nombre des choses qui n'ont pas changé les quartiers où les détritus sont rassemblés. L'ordure est partout la même dans le monde, à toutes les époques, et la ressemblance de famille entre des tas d'ordures est parfaite. Ainsi, le voyageur qui visite les environs de Montrouge peut, sans difficulté, remonter dans son imagination jusqu'à l'année 1850.

Cette année-là, je faisais un séjour prolongé à Paris. J'étais très amoureux d'une jeune demoiselle qui, bien qu'elle partageât ma passion, avait si totalement cédé à la volonté de ses parents qu'elle leur avait promis de ne pas me voir ou de ne pas m'écrire pendant une année. Moi aussi, j'avais été obligé d'accepter ces conditions, avec le vague espoir de l'approbation parentale. Durant cette période de probation, j'avais promis de rester hors du pays et de ne pas écrire à ma bien-aimée jusqu'à l'expiration de l'année. Naturellement, le temps me pesait beaucoup. Il n'y avait personne dans ma propre famille ou dans le cercle de mes amis qui pût me donner des nouvelles d'Alice, et aucun membre de sa famille à elle n'avait, je regrette de le dire, assez de magnanimité pour m'envoyer ne fût-ce qu'un mot occasionnel de réconfort touchant sa santé ou son bien-être. Je passai six mois à errer à travers l'Europe ; mais comme je ne pus trouver de distractions satisfaisantes dans ces voyages, je décidai de venir à Paris où, au moins, je ne serais pas loin de Londres, au cas où quelque bonne nouvelle pourrait m'appeler là-bas avant le moment indiqué. Que « l'espoir différé rend le cœur malade » ne fut jamais aussi vrai que dans mon cas, parce que, à mon désir perpétuel de voir le visage que j'aimais, s'ajoutait en moi une anxiété qui me torturait parce que j'avais peur à l'idée que quelque accident pourrait m'empêcher de prouver à Alice, le moment venu, que pendant toute cette longue période probatoire j'avais été digne de sa confiance et fidèle à mon amour pour elle.

Ainsi, chaque voyage nouveau que j'entreprenais me donnait une sorte de plaisir cruel, parce qu'il impliquait des conséquences possibles plus graves que celles qu'il aurait comportées en temps ordinaire.

Comme tous les voyageurs, j'épuisai vite les endroits les plus intéressants, et je fus obligé, le second mois de mon séjour, de chercher des distractions là où je le pouvais. Après divers déplacements dans les banlieues les plus connues, je commençai à deviner qu'il existait une terra incognita, inconnue des guides touristiques, située dans le désert social entre ces lieux séduisants. En conséquence, je commençai à faire des recherches systématiques, et chaque jour je reprenais le fil de mon exploration à l'endroit où je l'avais laissé le jour précédent.

Avec le temps, mes explorations me conduisirent près de Montrouge, et je me rendis compte que dans ces parages se situait l'Ultima Thulé[1] de l'exploration sociale – un pays aussi peu connu que celui qui entoure la source du Nil Blanc. Et, ainsi, je décidai d'investir philosophiquement le monde des chiffonniers, son habitat, sa vie, ses moyens d'existence.

La tâche était repoussante, difficile à accomplir, et offrait peu d'espoir d'une récompense adéquate. Néanmoins, en dépit du bon sens, mon obstination prévalant, j'entrepris ma nouvelle investigation avec une énergie plus grande que celle que j'aurais pu avoir dans des recherches dirigées dans un quelconque but, d'intérêt ou de mérite supérieurs.

Un jour, à la fin d'un bel après-midi dans les derniers jours du mois de septembre, j'entrai dans le saint des saints de la ville des ordures.

L'endroit était évidemment le lieu de résidence de nombreux chiffonniers, parce qu'une sorte d'arrangement était manifeste dans la façon dont les tas d'ordures étaient formés près de la route. Je passai parmi ces tas qui se dressaient debout comme des sentinelles bien alignées, décidé à m'aventurer plus avant, et à traquer l'ordure jusqu'à son ultime emplacement.

Tandis que j'avançais, je vis derrière les tas d'ordures quelques silhouettes passer ici et là, de toute évidence regardant avec intérêt l'arrivée d'un étranger dans un tel endroit. Leur quartier était comme une petite Suisse, et, avançant en zigzaguant, je perdis de vue le sentier derrière moi.

---

1 Nom donné par les Anciens à une île située à six jours de bateau du nord de l'Angleterre, et considérée par eux comme l'extrême limite du nord du monde. (N.d.T.)

•••

Finalement, j'entrai dans ce qui semblait être une petite ville ou une communauté de chiffonniers. Il y avait un certain nombre de cabanes ou de huttes, comme on peut en trouver dans les parties les plus reculées des marais d'Allan, sortes d'abris rudimentaires composés de murs d'osier et de terre, et recouverts de chaume grossier fait avec des détritus d'étable – abris tels qu'on ne voudrait pour rien au monde y pénétrer, et qui, même peints, n'ont rien de pittoresque à moins d'être judicieusement traités. Au milieu de ces huttes se trouvait l'un des plus étranges bricolages – je ne peux pas dire habitations – que j'aie jamais vus. Une immense et antique armoire, vestige colossal de quelque boudoir Charles VII ou Henri II, avait été convertie en habitation. Les deux portes étaient ouvertes, si bien que l'intérieur entier s'offrait à la vue du public. Dans la moitié vide de l'armoire, il y avait un salon d'environ quatre pieds sur six, où s'étaient réunis, fumant la pipe autour d'un brasier de charbon, pas moins de six vieux soldats de la Ire République, portant des uniformes déchirés et usés jusqu'à la corde. De toute évidence, ils appartenaient à la catégorie des mauvais sujets[2] ; leurs yeux glauques et leurs mâchoires pendantes témoignaient clairement d'un amour commun pour l'absinthe ; et leurs yeux avaient ce regard hagard et usé, plein de la férocité somnolente que fait naître aussitôt, dans son sillage, la boisson. L'autre côté de l'armoire demeurait comme dans le passé, avec ses rayonnages intacts, si ce n'est qu'ils avaient tous été coupés sur la moitié de leur profondeur, et sur chacune de ces six planches se trouvait un lit fait de chiffons et de paille. La demi-douzaine de notables qui habitaient cette construction me regardaient avec curiosité ; et quand je me retournai, après avoir fait quelques pas, je vis leurs têtes rassemblées pour une conversation à voix basse.

Je n'aimais pas du tout l'aspect que prenait tout cela parce que l'endroit était très solitaire, et les hommes avaient l'air très, très

---

2   En français dans le texte. (N.d.T.)

méchants. Toutefois, je ne vis aucune raison d'avoir peur et continuai, pénétrant plus avant encore dans le Sahara. Le chemin était assez tortueux ; et, parcourant une série de demi-cercles comme le font les patineurs qui exécutent la figure dite hollandaise, je devins assez conscient que j'étais en train de m'égarer.

Quand j'eus avancé un peu plus avant, je vis, contournant l'angle d'un tas d'ordures à moitié achevé, assis sur un tas de paille, un vieux soldat au manteau râpé.

Ire

« Hé ! me dis-je. La République est bien représentée ici, avec ce militaire. »

Quand je passai devant le vieil homme, il ne me regarda même pas, mais il contempla le sol avec une insistance appuyée. De nouveau, je me dis à moi-même : « Tu vois le résultat d'une vie de guerre difficile. La curiosité de ce vieil homme appartient au passé. »

Néanmoins, quand j'eus fait quelques pas de plus, je me retournai soudainement, et je vis que sa curiosité ne s'était pas éteinte parce que le vétéran avait levé la tête et me regardait avec une expression bizarre. J'eus l'impression que c'était l'un des six notables de l'armoire. Quand il me vit le regarder, il laissa tomber sa tête ; et, sans plus songer à lui, je continuai mon chemin, content qu'il existât une étrange similitude entre ces vieux soldats.

Un peu plus tard, d'une façon semblable, je rencontrai un autre vieux soldat. Lui non plus ne fit pas attention à moi quand je passai.

Le temps aidant, il commençait à se faire tard dans l'après-midi, et je commençai à songer à revenir sur mes pas.

Aussi je fis demi-tour pour rentrer, mais je pus voir qu'un certain nombre de sentiers passaient entre les différents tas, et je ne sus avec certitude lequel prendre. Dans ma perplexité, je voulus m'adresser à quelqu'un pour lui demander mon chemin, mais je ne vis personne. Je décidai de continuer quelques pas plus avant et essayai de voir si l'on pouvait me renseigner – mais pas un vétéran !

J'atteignis mon but, parce que, après environ deux cents mètres, je vis devant moi une sorte de simple cabane semblable à celles que j'avais déjà vues, avec cependant pour différence que celle-ci n'était pas destinée à être habitée, car elle était faite simplement d'un toit et de trois murs, et elle était ouverte sur ledevant. À l'évidence, tout me permettait de croire qu'il s'agissait d'un endroit où s'opérait le triage des ordures. À l'intérieur de la cabane se trouvait une vieille femme ridée et recroquevillée par l'âge ; je m'approchai d'elle pour lui demander mon chemin.

Elle se leva quand je fus près d'elle, et je lui demandai mon chemin. Elle engagea immédiatement la conversation et il me vint à l'esprit qu'ici, au centre même du Royaume des Ordures, je pouvais recueillir des détails sur l'histoire du métier de chiffonnier, surtout puisque je pouvais le faire de la bouche même d'une personne qui semblait en être l'habitant le plus ancien.

Je commençai mon enquête, et la vieille femme me donna des réponses fort intéressantes – elle avait été l'une des céteuses[3] qui étaient restées assises tous les jours devant la guillotine, et qui avaient eu un rôle actif parmi les femmes qui s'étaient singularisées par leur violence pendant la Révolution.

Au cours de notre conversation, elle dit tout à coup :

— Mais M'sieur[4] doit en avoir assez de rester debout ?

Et elle épousseta un vieux tabouret branlant pour que je puisse m'asseoir. Cette idée ne me plaisait pas beaucoup pour plusieurs raisons ; mais la pauvre vieille femme était tellement civile que je ne voulais pas risquer de la blesser en refusant, et, de plus, la conversation d'une personne qui avait assisté à la prise de la Bastille pouvait être intéressante. Aussi je m'assis et notre entretien continua.

Tandis que nous parlions, un vieillard plus âgé, et même plus recroquevillé et plus ridé que la femme, apparut de derrière la cabane. « Voici Pierre, dit-elle. M'sieur peut entendre des histoires, maintenant, s'il le veut, parce que Pierre était partout, de la Bastille jusqu'à Waterloo. » Le vieil homme prit un autre tabouret à ma demande, et nous plongeâmes dans un océan de souvenirs sur la Révolution. Ce vieil homme, bien qu'habillé comme un épouvantail, ressemblait à n'importe lequel des six autres vétérans.

---

3   En français dans le texte. Pour tricoteuses ? (N.d.T.)
4   En français dans le texte. (N.d.T.)

À ce moment, j'étais assis au centre de la cabane, basse de plafond, avec la vieille femme à ma gauche et l'homme à ma droite ; tous deux étaient assis à un pas devant moi, la pièce était remplie de toutes sortes d'objets curieux en bois et de beaucoup de choses dont j'aurais voulu être éloigné. Dans un coin se dressait un amas de chiffons que semblait vouloir abandonner l'abondante vermine qui s'y trouvait, et dans un autre un tas d'os dont l'odeur était quelque peu repoussante. De temps à autre, jetant un coup d'œil à ces amas, je pouvais voir les yeux luisants de quelques-uns des rats qui infestaient l'endroit.

Tout cela était déjà désagréable, mais ce qui me semblait pire encore était une vieille hache de boucher, au manche en fer recouvert de taches de sang, et qui était appuyée contre le mur, à droite. Tout cela ne m'inquiétait pas cependant outre mesure. La conversation des deux vieillards était tellement fascinante que je demeurai en leur compagnie tandis que la nuit tombait et que les tas d'ordures jetaient des ombres profondes dans les espaces qui les séparaient.

Après un certain temps, je commençai à me sentir mal à l'aise. Je ne pouvais savoir ni comment ni pourquoi, mais quoi qu'il en soit, je ne me sentais pas en paix. Un malaise est instinctif et a valeur d'avertissement. Les facultés psychiques sont souvent les sentinelles de l'intellect, et lorsqu'elles donnent l'alarme, la raison commence à agir, bien que, peut-être, pas consciemment.

C'est ce qui se passa en moi. Je commençai à réfléchir à l'endroit où je me trouvais et à ce qui m'entourait, et à me demander comment je pourrais m'en sortir au cas où je serais attaqué ; et puis la pensée me vint tout à coup à l'esprit, bien que sans cause évidente, que j'étais en danger. La prudence me souffla : « Reste tranquille et ne fais aucun geste. » Aussi je restai tranquille et ne fis aucun geste parce que je savais que quatre yeux rusés me regardaient. « Quatre yeux, sinon plus. » Mon Dieu, quelle horrible pensée ! La cabane pouvait être entourée sur trois côtés par des ruffians. Je pouvais être au centre d'une horde de desperados tels que seul un demi-siècle de révolutions périodiques peut en produire.

Avec le sentiment du danger, mon intellect et ma faculté

d'observation s'aiguisèrent, et je devins plus attentif que d'ordinaire.

Je remarquai que les yeux de la vieille femme se tournaient constamment vers mes mains. Je les regardai à mon tour et vis la cause de son regard : mes bagues. À mon petit doigt gauche, je portais une lourde chevalière, et à celui de droite un diamant de valeur.

Je pensai que, s'il existait un danger, mon premier souci devait être d'écarter tout soupçon. Aussi je commençai à diriger la conversation sur le milieu des chiffonniers – vers les égouts et les choses qu'on y trouvait ; et ainsi, peu à peu, vers les bijoux. Puis, saisissant une occasion favorable, je demandai à la vieille femme si elle avait des connaissances sur de telles choses. Elle me répondit qu'elle en avait un peu. J'étendis ma main droite et, lui montrant le diamant, lui demandai ce qu'elle en pensait. Elle répondit que ses yeux étaient mauvais et se pencha sur ma main. Je dis, aussi nonchalamment que je pus :

— Excusez-moi ! Vous verrez mieux comme ça !

Et, enlevant le diamant, je le lui tendis. Une lueur qui n'avait rien d'une auréole irradia de son visage flétri de vieillarde quand elle toucha la pierre. Elle me jeta un coup d'œil aussi rapide et perçant que l'éclair.

Elle se pencha sur la bague pendant un instant, son visage complètement caché, comme si elle l'examinait. Le vieil homme regarda droit devant lui, en direction de l'entrée de la cabane, et au même moment, fouillant dans ses poches, il en sortit un cornet de tabac dans du papier et une pipe qu'il se mit à bourrer. Je saisis l'occasion de cette pause et de ce répit momentané, ne me sentant plus observé, pour regarder plus soigneusement la pièce autour de moi, qui était maintenant obscure et pleine d'ombre dans le crépuscule.

Il y avait toujours les amas puants et malpropres ; la hache terrible, tachée de sang, s'appuyait contre le mur dans le coin à droite, et partout, malgré l'obscurité, le scintillement calamiteux des yeux des rats. Je pouvais même les voir à travers quelques-uns des interstices des planches, en bas, derrière, au ras du sol. Mais attendez ! Ces yeux-là semblaient plus grands et plus brillants et plus calamiteux que ceux de l'intérieur !

Pendant un instant, mon cœur s'arrêta ; et je sentis mon esprit bouillonner, état qui vous fait ressentir une sorte d'ivresse spirituelle, comme si le corps se maintient seulement debout parce qu'il n'a pas le temps de tomber avant qu'il se ressaisisse. Alors, en une seconde, je fus calme, froidement calme, toute mon énergie bandée ; je me contrôlais parfaitement, tous mes sens et l'instinct en alerte.

Maintenant, je connaissais parfaitement l'existence du danger qui me menaçait : j'étais guetté et entouré par des gens désespérés ! Je ne pouvais même pas deviner combien ils pouvaient être, étalés sur le sol, derrière la cabane, attendant le moment de frapper. Je me savais grand et fort, et eux le savaient aussi. Ils savaient également, comme moi, que j'étais anglais et que, comme tel, je me défendrais ; et ainsi nous attendions. J'avais, je le sentais, pris de l'avantage depuis quelques secondes, parce que j'avais connaissance du danger et que je comprenais la situation. Maintenant, je me disais que mon courage et mon endurance allaient être mis à l'épreuve. L'épreuve de force pouvait venir plus tard.

La vieille femme leva la tête et me dit comme si elle était contente :

— C'est vraiment une belle bague, une magnifique bague ! Mon Dieu, vous savez, je possédais autrefois des bagues semblables, en grand nombre même, et des bracelets et des boucles d'oreilles ! Oh, pendant ces beaux jours, c'est moi qui conduisais la danse dans la ville ! Mais ils m'ont oubliée maintenant ! ils m'ont oubliée ! « Ils ? » Ils n'ont jamais entendu parler de moi. Peut-être leurs grands-pères se souviennent-ils de moi, ou tout au moins quelques-uns !

Et elle eut un rire discordant et croassant. Je suis obligé de dire qu'alors elle m'étonna, parce qu'elle me tendit la bague avec une sorte de grâce qui rappelait les manières d'autrefois et qui ne manquait pas de pathétique.

Le vieillard la dévisagea avec un air de férocité soudain, puis, se levant à moitié de son tabouret, me dit tout à coup d'une voix rauque :

— Laissez-moi regarder !

J'étais sur le point de tendre la bague quand la vieille femme me dit :

— Non ! Non ! Ne la donnez pas à Pierre ! C'est un vieux fou ! Il perd tout ! Une si jolie bague !

— Vipère ! dit le vieillard sauvagement.

Puis la vieille femme s'exclama, plus fortement que nécessaire :

— Attendez ! Je vais vous raconter quelque chose au sujet d'une bague.

Il y avait quelque chose dans le ton de sa voix qui m'inquiéta. C'était peut-être parce que j'étais trop impressionnable, énervé que j'étais à ce point d'excitation, mais je crus deviner que ce n'était pas à moi qu'elle s'adressait. Comme je jetais un coup d'œil circulaire dans la pièce, j'aperçus les yeux des rats dans les tas d'os, mais je ne vis plus les yeux des hommes derrière dans les interstices de la cabane. Mais au moment même où je les cherchais du regard, je les vis paraître de nouveau. Le « Attendez ! » de la vieillarde me donnait du répit pour attaquer, et les hommes se recouchèrent de nouveau dans la même posture.

— Une fois, j'ai perdu une bague, un magnifique anneau de diamants qui avait appartenu à une reine et qui m'avait été offert par un fermier général qui, plus tard, s'est coupé la gorge parce que j'avais refusé ses avances ; je pensai qu'elle avait été volée et en accusai mes domestiques, mais je n'en trouvai nulle trace. La police est venue et a suggéré que la bague avait fini dans l'égout. Nous sommes descendus – moi dans mes beaux vêtements –, parce que je ne pouvais me fier à eux quand il s'agissait de ma belle bague. Je connais mieux les égouts depuis cette époque, et mieux les rats aussi ! Mais je n'oublierai jamais l'horreur de cet endroit, grouillant d'yeux brillants, un mur d'yeux devant la lumière de nos torches ! Et finalement, nous sommes arrivés sous ma maison. Nous avons cherché à l'extrémité de l'égout, et là, dans la saleté, nous avons trouvé la bague et nous sommes sortis.

» Mais nous avons trouvé autre chose également avant de sortir !

Comme nous atteignions l'ouverture, un groupe de rats d'égout – des rats humains cette fois – se sont approchés de nous. Ils ont raconté à la police que l'un des leurs était descendu dans l'égout mais n'en était pas ressorti. Il était entré seulement peu de temps avant nous et s'était perdu, il ne pouvait pas être très loin. Ils ont demandé notre assistance pour le trouver, et ainsi nous sommes repartis. Ils ont tenté de m'empêcher de les accompagner, mais j'ai insisté. C'était une nouvelle aventure, et n'avais-je pas retrouvé ma bague ? Nous ne sommes pas allés bien loin avant de tomber sur quelque chose. Il y avait peu d'eau, et le fond de l'égout était surélevé avec des briques, des ordures et d'autres choses de ce genre. Il s'était battu, même quand sa torche s'était éteinte. Mais ils étaient trop nombreux pour lui ! Il ne leur avait pas fallu beaucoup de temps ! Les os étaient encore tièdes, mais nettoyés ! Ils avaient même mangé leurs propres morts, et il y avait des os de rats aussi bien que des os de l'homme. Ils ont pris la chose assez calmement, les autres – les os humains –, et ils ont plaisanté sur leur camarade après l'avoir trouvé mort, bien qu'ils l'eussent aidé s'ils l'avaient trouvé vivant. Bah ! qu'importe la vie ou la mort !

— Et vous n'avez pas eu peur ? lui demandai-je.

— Peur ? dit-elle en riant. Moi, avoir peur ? Demandez à Pierre. C'est vrai que j'étais plus jeune à l'époque, et quand j'avançai dans cet horrible égout, avec son mur d'yeux affamés, toujours se déplaçant dans le cercle de lumière des torches, je ne me sentais pas à l'aise. Mais je continuai à avancer au-devant des hommes, c'est ainsi que je fais. Je ne permets jamais aux hommes de me devancer. Tout ce que je demande, c'est d'avoir une occasion et les moyens ! Et ils l'ont mangé – ils ont effacé toute trace, sauf les os ; et personne ne le savait, et personne n'avait aucune nouvelle de lui !

À ce moment, elle eut un accès de gloussements, de la gaieté la plus macabre que j'aie jamais eu l'occasion d'entendre et de voir. Une grande poétesse décrit son héroïne qui chante : « Oh ! de la voir ou de l'entendre chanter ! Je sais à peine lequel des deux est le plus divin ! »

Cette même idée aurait pu être appliquée à la vieillarde – tout sauf le divin, parce que j'aurais pu à peine dire lequel des deux était le plus infernal, ou son rire, dur, malveillant, satisfait et cruel, ou le ricanement et l'ouverture horrible et cariée de sa bouche comme un masque tragique, et la lueur jaune de quelques dents décolorées dans les gencives sans forme. Avec ce rire et avec ce ricanement, et la satisfaction gloussante, je savais aussi bien que si l'on m'eût parlé avec des mots tonitruants que mon meurtre était scellé et que les meurtriers ne faisaient qu'attendre le moment favorable pour son accomplissement.

Je pouvais lire, entre les lignes de son histoire lugubre, les ordres à ses complices. « Attendez, semblait-elle dire, patientez, je frapperai la première. Trouvez-moi l'arme et je saisirai l'occasion. Il ne s'échappera pas. Tenez-le tranquille et personne ne saura quoi que ce soit. Il n'y aura pas de cri, et les rats feront leur travail. »

…

Il faisait de plus en plus sombre, la nuit venait. Je jetai un coup d'œil à l'intérieur de la cabane ; rien n'avait changé ! La hache ensanglantée dans le coin, les amas d'ordures et les yeux sur les tas d'os et dans les fentes près du plancher.

Pierre s'occupait toujours ostensiblement à bourrer sa pipe, puis il craqua une allumette et commença à tirer sur la bouffarde. La vieille femme dit :

— Mon cher cœur, comme il fait noir ! Pierre, sois assez bon garçon et allume la lampe.

Pierre se leva et, avec l'allumette enflammée dans la main, toucha la mèche de la lampe qui pendait sur l'un des côtés de l'entrée de la cabane, et qui avec son réflecteur jeta la lumière dans la pièce. Elle était de toute évidence utilisée la nuit pour le triage des ordures.

— Pas ça, idiot ! La lanterne ! cria-t-elle.

Il éteignit immédiatement la lampe en disant : « Très bien, maman, je la trouverai », et il se rendit rapidement dans le coin gauche de la pièce. La vieille femme dit dans l'obscurité :

— La lanterne ! La lanterne ! Oh ! c'est la lumière qui est la plus utile à nous autres, pauvres gens. La lanterne était l'amie de la Révolution ! Elle est l'amie du chiffonnier. Elle nous aide quand tout le reste nous abandonne.

Elle avait à peine dit ces paroles qu'on entendit une sorte de craquement dans toute la cabane et quelque chose fut tiré sans à-coups sur le toit.

De nouveau, je pouvais comprendre à demi-mot. Je connaissais la leçon de la lanterne :

— Que l'un de vous monte sur le toit, avec un nœud, et qu'il s'éloigne quand il sortira, si nous échouons à l'intérieur.

Comme je regardais par l'ouverture, je vis le nœud de la corde se profiler en noir contre le ciel coloré. Maintenant, j'étais piégé !

Pierre ne fut pas long à trouver la lanterne. Je gardai les yeux fixés dans l'obscurité sur la vieille femme. Pierre craqua une allumette, et je vis la vieille femme prendre à terre, à côté d'elle, où il était mystérieusement apparu – il était caché dans les plis de sa jupe –, un long couteau affûté. Il ressemblait à un fer à aiguiser de boucher dont la pointe aurait été effilée.

La lanterne était allumée.

— Apporte-la ici, dit-elle. Place-la devant la porte où l'on peut la voir. Regardez comme elle est belle ! Elle retient l'obscurité. C'est tout à fait ce qu'il faut !

Tout à fait ce qu'il fallait pour elle et ses desseins. La lanterne jetait toute sa lumière sur mon visage, laissant à l'ombre les visages de Pierre et de la femme, tous deux étant assez loin de chaque côté.

Je sentis que le moment d'agir approchait, mais je savais maintenant que le premier signe et le premier mouvement viendraient de la femme. Aussi je la regardai.

Je n'étais pas du tout armé, mais j'avais décidé de ce qu'il fallait faire. Au premier mouvement, je saisirais la hache de boucher dans le coin à droite et me ménagerais une sortie. Au moins, je mourrais bravement. Je jetai un bref regard pour déterminer la place exacte de l'arme afin de réussir à m'en saisir du premier coup, en ce moment ou jamais le temps et la précision étaient précieux.

Bon Dieu, elle avait disparu ! Toute l'horreur de la situation rejaillit sur moi. Mais la pensée la plus amère de toutes était que, si le résultat de cette situation terrible allait se retourner contre moi, Alice allait infailliblement souffrir. Ou bien elle me croirait infidèle – et tout amant, ou toute personne qui a jamais été dans cette situation, peut imaginer l'amertume de cette pensée –, ou bien elle continuerait de m'aimer longtemps après que moi j'aurais été perdu pour elle et le monde, de façon que sa vie serait brisée et emplie d'amertume, et réduite en morceaux par la déception et le désespoir. L'ampleur même de ma douleur me fortifia et me permit de nouveau de supporter le regard épouvantable de ces comploteurs qui me dévisageaient.

Je pense que je ne me trahis point. La vieille femme me regardait comme un chat regarde une souris : elle avait la main droite cachée dans les plis de sa jupe, serrant, je le savais, son long couteau si sinistre d'aspect. Si elle avait vu une quelconque crainte apparaître sur mon visage, elle aurait, je le sentais, compris que le moment était venu et m'aurait sauté dessus, comme une tigresse, certaine de me surprendre sans défense.

Je regardai dehors dans la nuit, et là je vis une nouvelle cause de danger. Devant et autour de la cabane se profilaient, à faible distance, des ombres noires ; elles étaient certes immobiles, mais je savais qu'elles étaient toutes en alerte et sur leurs gardes. Il y avait peu de chances pour moi, maintenant, de m'échapper dans cette direction.

De nouveau, je jetai un regard circulaire dans la cabane. Dans les moments de forte émotion, et de grand danger qui provoque l'émotion, l'esprit fonctionne très rapidement, et l'acuité des facultés dépendant de l'esprit augmente en proportion. C'est ce qui se passa à ce moment. En un instant je compris toute la situation. Je me rendis compte que la petite hache avait été sortie par un trou fait dans l'une des planches pourries, et à quel point celle-ci l'était pour qu'une telle chose puisse être faite sans le moindre bruit.

La cabane était un piège à tuer en règle, et était gardée de tous côtés. Un homme, un garrot à la main, était allongé sur le toit, prêt à me prendre dans son nœud coulant si j'arrivais à échapper au couteau de la vieille sorcière. Devant moi, le chemin était gardé par je ne savais combien de sentinelles. Et derrière la cabane attendaient une rangée d'hommes désespérés. J'avais de nouveau vu leurs yeux à travers l'interstice des planches au niveau du sol quand j'avais jeté un dernier regard, tandis qu'ils étaient couchés en attendant le signal pour sauter sur leurs pieds. Si jamais je devais faire quelque chose, c'était le moment !

Aussi nonchalamment que je pus, je pivotai légèrement sur mon tabouret afin de placer ma jambe droite bien sous moi. Alors, d'un saut soudain, tournant la tête tout en la protégeant de mes mains, et mû par l'énergie des chevaliers du Moyen Âge, je prononçai le nom de ma dame et me jetai contre le mur du fond de la cabane. Aussi vigilants qu'ils le fussent, la soudaineté de mon geste surprit tout autant Pierre que la vieille femme. Tandis que je fracassais les planches pourries, je vis la vieille femme déroutée se lever d'un bond comme une tigresse, et entendis son faible halètement de rage. Mes pieds se posèrent sur quelque chose qui bougeait, et, en sautant plus avant, je sus que j'avais mis mes pieds sur le dos de l'un de ces hommes couchés sur le ventre à l'extérieur de la cabane. Je m'étais écorché à des clous et à des échardes de bois, mais je n'étais pas blessé. À bout de souffle, je grimpai sur le monticule devant moi, entendant, tout en montant, la chute amortie de la cabane tandis qu'elle s'effondrait comme une masse.

L'ascension fut un cauchemar. Le tas, bien que peu élevé, était terriblement raide, et à chaque pas que je faisais la masse d'ordures et de cendres descendait avec moi et cédait sous mes pieds.

La poussière s'élevait et m'étouffait, c'était écœurant, fétide, affreux ; mais mon ascension était, je le pressentais, une question de vie ou de mort, et j'avançais péniblement. Les secondes me parurent durer des heures ; mais les quelques secondes d'avance prises au départ, combinées à ma force et à ma jeunesse, me donnaient un grand avantage, et tandis que plusieurs silhouettes progressaient derrière moi, dans un silence profond plus menaçant que n'importe quel bruit, j'arrivai sans difficulté au sommet du monticule. Depuis lors, j'ai fait l'ascension du Vésuve, et alors que j'avançais péniblement sur cette pente morne parmi les fumées sulfureuses, le souvenir de cette nuit terrible à Montrouge me revint si vivement que je faillis presque m'évanouir.

Le monticule était l'un des plus élevés de cette région d'ordures, et tandis que je grimpais vers le sommet, cherchant mon souffle, le cœur battant comme un gros marteau, je vis au loin à ma gauche la pleine lueur rouge du ciel, et plus près le scintillement de lumières. Dieu merci ! je savais maintenant où j'étais et où passait la route de Paris !

Pendant deux ou trois secondes, je fis une pause et regardai derrière moi. Mes poursuivants étaient encore bien en arrière, mais grimpaient résolument et dans un silence de mort. Au-delà, la cabane était une ruine, une masse de planches et de formes mouvantes. Je pouvais la voir aisément parce que des flammes en sortaient déjà. Les chiffons et la paille s'étaient de toute évidence enflammés à la flamme de la lanterne. Le silence, là encore ! Pas un bruit ! Ces pauvres vieux pouvaient au moins mourir comme il faut !

Je n'eus que le temps de jeter un bref coup d'œil, parce que, en promenant un regard circulaire autour de moi pour me préparer à descendre, je vis plusieurs formes sombres qui se rassemblaient de chaque côté afin de me barrer le chemin.

Maintenant, c'était une course à la vie à la mort. Ils essayaient de m'empêcher de prendre la route de Paris, et alors, instinctivement, je descendis rapidement sur le côté droit. J'arrivai juste à temps, parce que, bien qu'il m'eût semblé descendre la pente en quelques pas, les vieillards rusés qui me regardaient firent demi-tour, et l'un d'entre eux, au moment où je me glissais dans l'espace ouvert entre deux tas devant moi, réussit presque à m'atteindre d'un coup de la terrible hache de boucher. Sûrement, il n'existait pas deux armes de ce genre dans les environs !

Alors s'engagea une chasse vraiment horrible. Je devançais facilement les vieillards, et, même lorsque quelques hommes, plus jeunes, et plusieurs femmes se joignirent à la chasse, je les distançai sans difficulté. Mais je ne connaissais pas le chemin, et je ne pouvais même pas me guider à la lumière dans le ciel parce que je courais dans l'autre sens. J'avais entendu dire que, à moins d'avoir une raison de faire le contraire, les hommes qui sont poursuivis tournent toujours à gauche, et c'est ce que je fis ; et je pense que mes poursuivants le savaient aussi, eux qui étaient plus des animaux que des hommes, et qui, soit astuce, soit instinct, avaient découvert de tels secrets pour leur usage. Si bien que, terminant ma course rapide, après laquelle j'avais l'intention de reprendre mon souffle, tout à coup, je vis devant moi deux ou trois silhouettes qui contournaient l'arrière d'un tas à ma droite.

J'étais vraiment, maintenant, dans la toile d'araignée ! Mais la pensée de ce nouveau danger fit naître en moi la ressource de la bête poursuivie, si bien que je descendis en prenant le chemin le plus proche à droite.

Je continuai dans cette direction pendant une centaine de mètres, et puis, tournant à gauche de nouveau, compris que j'avais sans doute évité le danger d'être encerclé.

Mais pas celui de la poursuite, parce que venait sur moi la canaille, rangée, déterminée, implacable, et toujours dans un silence menaçant.

Dans l'obscurité plus profonde, les tas semblaient maintenant être plus petits qu'auparavant, bien que – parce que la nuit venait – ils parussent plus grands en proportion. J'étais maintenant loin devant mes poursuivants, et je grimpai rapidement sur le tas devant moi.

Ô bonheur des bonheurs ! J'étais presque à la limite de cet enfer des ordures. Loin derrière moi, la lumière rouge de Paris éclairait le ciel, et montait derrière les hauteurs de Montmartre une lumière faible, avec ici et là des points brillants comme des étoiles.

Ma vigueur retrouvée après un moment, je sautai en courant sur les tas qui restaient, de taille de plus en plus petite, et me retrouvai plus loin sur un terrain plat. La perspective n'était toutefois pas rassurante. Tout devant moi était sombre et lugubre, et j'étais de toute évidence tombé sur un de ces terrains vagues marécageux au creux d'une dépression, et qu'on trouve ici et là près des grandes villes. Des lieux désolés, couverts d'ordures, dont l'espace permet d'entreposer en dernier recours tout ce qui est nuisible – la terre en est si pauvre qu'aucun squatter, même le plus misérable, n'a envie de l'occuper. Les yeux accoutumés à l'obscurité de la nuit, et loin maintenant de l'ombre de ces affreux tas d'ordures, je pouvais bien mieux voir qu'auparavant. La raison en était peut-être que les reflets dans le ciel des lumières de Paris, bien que la ville fût à quelques kilomètres de distance, se reflétaient également ici.

De toute façon, je voyais assez bien pour me repérer, au moins à quelque distance autour de moi.

Devant moi se trouvait un terrain désolé qui semblait absolument plat, avec les reflets d'ombre disséminés des étangs stagnants. Apparemment, loin sur la droite, parmi un petit groupe de lumières éparpillées, se dressait la masse sombre du fort de Montrouge, et à gauche, plus loin, pointillées par les rayons épars des fenêtres des pavillons, les lumières dans le ciel indiquaient la localité de Bicêtre. Après avoir réfléchi un instant, je me décidai à prendre à droite pour essayer d'atteindre Montrouge. Là, au moins, je bénéficierais d'une sécurité relative, et il était possible que je pusse tomber bien avant sur quelques-uns des carrefours que je connaissais. Quelque part, pas très loin, devait se trouver la route stratégique, construite pour relier la chaîne extérieure des forts qui encerclent la ville.

Puis je regardai derrière moi. Traversant les tas d'ordures, se dessinant en noir sur la lumière de l'horizon, plusieurs silhouettes se déplaçaient, et j'en vis, un peu plus sur la droite, plusieurs autres se déployer entre moi et ma destination. Il était évident qu'ils voulaient me barrer la route dans ce sens, et ainsi mon choix devenait limité : il fallait soit continuer tout droit, soit continuer à gauche. Me penchant à terre afin de me fixer l'horizon comme ligne de mire, je regardai soigneusement dans cette direction, mais je ne pus détecter aucune présence de mes ennemis. Je me dis que, puisqu'ils ne défendaient pas ou n'essayaient pas de défendre cette position, il était évidemment dangereux pour moi d'aller là-bas. Aussi je décidai de continuer tout droit devant moi.

Ce n'était pas une perspective réjouissante, et au fur et à mesure que j'avançais la réalité empirait.

Le terrain était devenu mou et spongieux, et de temps à autre cédait sous mes pieds en me rendant un peu malade. J'avais plus ou moins le sentiment de descendre, parce que je voyais autour de moi des parties de terrain plus élevées que celle sur laquelle je me trouvais, et ceci dans un espace qui, à quelque distance, semblait absolument plat. Je regardai autour de moi, mais ne pus voir aucun de mes poursuivants. C'était étrange parce que à chaque instant ces oiseaux de nuit m'avaient suivi dans l'obscurité aussi facilement que s'il faisait grand jour. Combien je me blâmais d'être sorti habillé de mon complet de touriste en tweed, de couleur claire ! Le silence et mon incapacité à percer mes ennemis, alors que je sentais qu'ils m'observaient, devenaient épouvantables, et dans l'espoir que quelqu'un qui ne faisait pas partie de cette horrible équipe pût m'entendre, je me mis à crier en élevant la voix, plusieurs fois. Pas la moindre réponse ; pas même l'écho de ma voix ne récompensa mes efforts. Pendant un moment, je demeurai tout à fait inerte, et fixai mon regard devant moi. Sur l'une des parties en relief du terrain qui m'entourait, je vis une forme sombre se déplacer, puis une autre, et encore une autre. Ceci à ma gauche, et apparemment pour me couper la route.

Je pensai que de nouveau je pouvais, grâce à mon aisance à courir, me tirer du jeu de mes ennemis, aussi, à toute vitesse, je m'élançai.

Floc !

Mes pieds avaient cédé sur une masse d'ordures visqueuses et je tombai de tout mon long dans un étang puant et stagnant. L'eau et la boue dans lesquelles mes bras s'étaient enfoncés jusqu'aux coudes étaient malpropres et nauséabondes au-delà de toute description, et dans ma chute soudaine j'avalai même un peu de cette substance répugnante qui m'étouffa presque et me fit haleter pour reprendre mon souffle.

Jamais je n'oublierai ces minutes pendant lesquelles je restai là, tentant de récupérer, oubliant presque l'odeur fétide de cet étang sale d'où montait un brouillard blanc fantomatique. Le pire de tout, outre mon désespoir accru de bête chassée qui voit la meute des chasseurs se refermer sur lui, fut de voir devant moi, tandis que je demeurais sans secours, les formes sombres de mes poursuivants se déplacer rapidement pour m'encercler.

C'est une chose étrange que la façon dont notre esprit travaille à des sujets divers, même quand notre pensée emploie toute son énergie à se concentrer sur une nécessité terrible et pressante. J'étais, en ce moment même, dans une situation qui mettait ma vie en péril, mon salut dépendait de ce que j'allais faire, la nécessité de choisir se faisait de plus en plus pressante, et cependant je ne pouvais m'empêcher de penser à la persistance étrange et acharnée avec laquelle ces vieillards me poursuivaient. Leur résolution silencieuse, leur obstination constante et sans pitié, même pour une telle cause, provoquaient autant que la peur une once de respect. Ce qu'ils avaient dû avoir de la vigueur dans leur jeunesse ! Maintenant, je pouvais comprendre la charge tourbillonnante du pont d'Arcole, l'exclamation méprisante de la vieille garde à Waterloo ! La célébration inconsciente a ses propres plaisirs, même en de tels moments : mais heureusement, elle n'est pas du tout incompatible avec la pensée d'où surgit l'action.

Je compris d'un coup d'œil que, jusqu'à présent, j'avais échoué dans mon entreprise ; mes ennemis, pour le moment, avaient gagné. Ils avaient réussi à m'entourer sur trois côtés, et ils étaient décidés à me faire dévier sur la gauche, où régnait le danger, puisqu'ils n'avaient pas laissé de sentinelles.

J'acceptai l'alternative – c'était le cas du choix de Hobson –, et je m'élançai. Je devais rester sur la partie inférieure du site puisque mes poursuivants en occupaient la partie élevée. Néanmoins, bien que le sol spongieux et le terrain accidenté me retardassent, ma jeunesse et mon entraînement me permirent de conserver la distance, et, en suivant une ligne diagonale, non seulement je les empêchai de se rapprocher, mais encore je commençai à m'éloigner. Ceci me donna du courage et des forces nouvelles, et en un tel moment l'effet de mon entraînement régulier commença à se faire sentir et je trouvai mon second souffle. Devant moi, le sol s'élevait légèrement. Je grimpai rapidement la pente et trouvai une étendue d'eau limoneuse, et, au-delà, une digue ou une berge qui semblait noire et sinistre. Je sentis que si j'arrivais à atteindre la digue, là je pourrais, en toute sécurité, avec un terrain solide sous mes pieds et un semblant de sentier pour me guider, trouver un moyen comparativement facile pour échapper à mes ennemis. Après avoir jeté des coups d'œil à droite et à gauche, et ne voyant personne dans mon voisinage immédiat, je concentrai mon attention pendant quelques minutes à regarder où je mettrais les pieds pendant que je traverserais le marais. Ce fut une traversée difficile et pénible, mais qui ne présenta pas de danger et demanda seulement quelques efforts. Peu de temps après j'atteignis la digue. Je montai la pente en exultant ; mais là encore, je reçus un nouveau choc. De chaque côté de moi se redressèrent plusieurs silhouettes accroupies. Venant de la droite et de la gauche, elles se jetèrent sur moi. Chacune maintenait une corde d'une main.

...

J'étais presque complètement encerclé. Je ne pouvais passer ni d'un côté ni de l'autre, et la fin était proche.

Il n'y avait qu'une chance, je la tentai. Je me jetai à travers la digue et, échappant aux griffes de mes ennemis, sautai dans la rivière.

À un tout autre moment, j'aurais trouvé que cette eau était infestée et sale, mais maintenant elle était aussi bienvenue que la rivière pure pour le voyageur assoiffé ! Elle était la route par où je pouvais me sauver !

Mes poursuivants s'élançaient derrière moi. Si un seul d'entre eux avait tenu la corde, c'eût été ma fin, parce qu'il aurait pu me faire trébucher avec celle-ci avant que je n'eusse le temps de faire une brasse. Mais comme tous la tenaient, ils étaient embarrassés et ainsi ils prirent du retard, et quand la corde frappa l'eau, j'entendis le « floc » bien loin derrière moi. En quelques minutes de brasse énergique, je traversai la rivière, rafraîchi par l'immersion et encouragé par mon esquive. Je grimpai la digue, l'humeur relativement gaie.

D'en haut, je regardai derrière moi. À travers l'obscurité, je vis mes assaillants s'éparpiller de part et d'autre, le long de la digue. De toute évidence, la poursuite n'était pas terminée, et de nouveau je dus choisir une direction. Au-delà de la digue où je me trouvais s'étendait un espace sauvage et marécageux, très semblable à celui que j'avais traversé. Je décidai d'éviter un tel endroit et réfléchis pendant un instant si je remonterais ou descendrais la digue. Je crus entendre un bruit, le bruit étouffé d'une rame, aussi j'écoutai, puis criai.

Aucune réponse, mais le bruit cessa. Mes ennemis s'étaient apparemment procuré une barque ou toute autre embarcation. Puisqu'ils étaient sur la partie supérieure de la digue, je pris le sentier pour descendre et commençai à courir. En passant à gauche de l'endroit où j'étais entré dans l'eau, j'entendis plusieurs « plouf » légers et furtifs, comme le bruit que fait un rat quand il plonge dans l'eau, mais beaucoup plus importants ; et en regardant, je vis les reflets sombres de l'eau brisés par les rides autour de plusieurs têtes qui avançaient. Quelques-uns de mes ennemis nageaient aussi dans la rivière.

Et maintenant, derrière moi, en amont, le silence était rompu par le cliquetis rapide et le grincement des rames ; mes ennemis s'acharnaient à ma poursuite. Je pris mon équilibre sur ma meilleure jambe et repris ma course. Deux ou trois minutes après, je jetai un regard en arrière, et, à la faveur d'un rayon de lumière qui perçait les nuages informes, je vis plusieurs silhouettes sombres qui grimpaient la rive derrière moi. Maintenant le vent s'était levé, et l'eau à côté de moi était agitée et commençait à se briser en petites vagues contre la rive. Je devais garder les yeux passablement fixés à terre devant moi, de peur de trébucher, parce que je savais que trébucher c'était la mort. Je me retournai quelques minutes plus tard. Sur la digue, il y avait quelques silhouettes sombres, mais traversant le terrain vague marécageux, il y en avait beaucoup plus. À quel nouveau danger devais-je m'attendre ? Je ne savais pas, je ne pouvais que deviner. Puis, comme je reprenais ma course, il me sembla que mon chemin descendait toujours sur la droite. Je regardai en amont, vis que la rivière était beaucoup plus large que tout à l'heure, et que la digue sur laquelle je me trouvais disparaissait ; au-delà coulait une autre rivière, où je vis, sur sa rive la plus proche, quelques-unes des formes sombres qui maintenant avaient traversé le marais. J'étais sur une sorte d'île.

Ma situation était maintenant vraiment désespérée, parce que mes ennemis me bloquaient de partout. Derrière moi, le bruit des rames devenait plus rapide, comme si mes poursuivants sentaient que le dénouement était proche. Autour de moi, de tous côtés, c'était la désolation ; aussi loin que portait mon regard, il n'y avait ni toit ni lumière. Au loin, sur la droite, se dressaient quelques masses sombres, mais j'ignorais ce que c'était. Je fis une pause pendant un instant pour réfléchir à ce que je devais faire, non pour aller plus loin, mais parce que mes poursuivants se rapprochaient. Je pris ma décision rapidement. Je glissai en bas de la rive et entrai dans l'eau. Je me dirigeai droit devant moi afin de gagner le courant, m'écartant ainsi de l'eau immobile autour de l'île, certain, maintenant que j'étais dans la rivière, qu'il s'agissait bien d'une île. J'attendis qu'un nuage passât à travers la lune et laissât tout dans l'obscurité. Puis j'ôtai mon chapeau et le posai doucement sur l'eau pour qu'il flottât ; une seconde plus tard, je plongeai sur la droite, et commençai à nager sous l'eau de toutes mes forces. Je passai, je pense, une demi-minute sous l'eau, et quand je refis surface, aussi doucement que possible, je me retournai pour regarder en arrière. Un peu plus loin flottait gaiement mon chapeau de feutre clair. Immédiatement derrière venait un vieux bateau branlant, propulsé furieusement par une paire de rames. La lune était encore en partie obscurcie par des nuages qui flottaient autour, mais dans la lumière imparfaite je pus voir un homme, debout à l'avant du bateau, tenant en l'air, prêt à frapper, ce qui me sembla être cette hache terrible à laquelle j'avais échappé auparavant.

Tandis que je regardais, le bateau se rapprochait de plus en plus, et l'homme frappa sauvagement. Le chapeau disparut. L'homme tomba à la renverse, presque par-dessus bord. Ses camarades le retinrent, mais pas la hache, et, tandis que je me retournais et nageais de toutes mes forces pour gagner la rive plus loin, j'entendis le juron proféré d'une voix sourde par mes poursuivants déjoués.

C'était la première parole humaine que j'entendais depuis le début de cette chasse épouvantable, et, bien qu'elle fût riche de menaces et de dangers pour moi, j'éprouvai du plaisir, parce qu'elle rompait le silence terrible qui m'entourait et me terrifiait. Elle était le signe tangible que mes ennemis étaient des hommes et non des fantômes, et qu'au moins je pouvais me battre en tant que tel, bien que je fusse seul contre plusieurs.

Mais maintenant que l'envoûtement du silence était rompu, les bruits arrivaient, sourds et rapides. Du bateau à la rive, et de la rive au bateau, des questions et des réponses furent échangées, rapidement, avec des chuchotements féroces. Je regardai en arrière, geste fatal s'il en fut, parce que à cet instant quelqu'un aperçut mon visage dont la blancheur tranchait sur l'eau sombre et cria. Des mains se tendirent dans ma direction, et presque aussitôt le bateau repartit et s'élança avec rapidité. Je n'avais que peu de distance à parcourir, mais le bateau approchait de plus en plus rapidement derrière moi. Quelques brasses supplémentaires et j'étais sur la rive. Mais je sentais le bateau arriver, et m'attendais à chaque seconde à ressentir le coup d'une rame ou d'une autre arme sur ma tête. Si je n'avais pas vu cette hache terrible disparaître dans l'eau, je ne crois pas que j'aurais gagné la rive.

J'entendis les jurons lancés par les hommes qui ne ramaient pas, et l'essoufflement des rameurs. Après un suprême effort pour sauver ma vie ou ma liberté, je touchai la rive et l'escaladai. Il n'y avait pas une seule seconde à perdre, parce que, immédiatement derrière moi, le bateau abordait, et plusieurs formes sombres sautaient à ma poursuite. J'atteignis le sommet de la digue et, me dirigeant vers la gauche, continuai à courir. Le bateau s'élança et suivit dans la rivière. Je vis ce qui se passait, et craignant un danger dans cette direction, je fis rapidement demi-tour, descendis la digue de l'autre côté ; après avoir dépassé une petite étendue marécageuse, je gagnai un endroit sauvage, ouvert et plat, et poursuivis ma course.

Toujours derrière moi, mes poursuivants me pourchassaient sans répit. Loin en avant, en dessous de moi, je vis cette même masse sombre que j'avais déjà aperçue, mais elle devenait maintenant plus proche et plus imposante. Mon cœur battit à tout rompre parce que je devinais que ce devait être le fort de Bicêtre, et reprenant courage, je continuai ma course. J'avais entendu dire qu'entre chacun des forts qui protègent Paris il existait des voies stratégiques, des tranchées creusées profondément, où les soldats qui se déplaçaient pouvaient s'abriter de l'ennemi. Je savais que si je pouvais gagner cette voie, je serais sauf, mais dans l'obscurité je n'en pouvais voir aucun signe, si bien que, dans l'espoir aveugle de l'atteindre, je continuai à courir.

Peu de temps après, j'arrivai au bord d'une tranchée profonde, et trouvai en dessous de moi une route protégée de chaque côté par un fossé empli d'eau, clôturé de part et d'autre par un mur haut et droit.

Devenant de plus en plus faible, et la tête me tournant de plus en plus, je continuai à courir ; le sol devenait de plus en plus accidenté, de plus en plus, jusqu'au moment où je trébuchai et tombai ; je me levai de nouveau, et continuai à courir avec l'angoisse aveugle d'une bête pourchassée.

De nouveau, la pensée d'Alice me donna du nerf. Je ne voulais pas disparaître et gâcher ainsi sa vie ; je me défendrais et me battrais jusqu'à l'épreuve finale. Faisant un grand effort, je m'agrippai au sommet du mur. Au moment où, me tirant comme un trapéziste, je me hissais en haut, je sentis nettement une main qui touchait la semelle de ma chaussure. Maintenant je me trouvais sur une sorte de chaussée, et je vis devant moi briller faiblement une lumière. Aveuglé et pris de vertige, je continuai à courir, trébuchai et tombai, me relevai couvert de poussière.

— Halte-là[5] !

Les mots résonnèrent comme une voix céleste. Une lumière éclatante, me sembla-t-il, m'entoura et je criai de joie.

---

5   En français dans le texte. (N.d.T.)

— Qui va là[6] ? (Le cliquetis métallique des armes, l'éclat d'acier devant mes yeux : instinctivement je m'arrêtai, alors que, tout près derrière moi, mes poursuivants arrivaient à l'assaut.)

Un mot ou deux de plus, et du guichet se répandit ce qui me sembla être une marée rouge et bleu au moment où la garde sortit. Tout alentour parut se remplir de lumière, de l'éclat de l'acier, du cliquetis et du tintamarre des armes, et des voix fortes et bourrues donnant des ordres. Quand je tombai en avant, complètement épuisé, un soldat me rattrapa. Je regardai derrière moi, terrifié par l'attente, et vis le groupe de silhouettes qui disparaissait dans la nuit. Puis je dus m'évanouir. Quand je repris connaissance, j'étais dans la salle de garde.

Ils me donnèrent un verre de cognac, et peu de temps après je fus en mesure de leur raconter une partie de ce qui s'était passé. Puis un commissaire de police apparut, venu apparemment de nulle part, comme le fait d'habitude un officier de la police parisienne. Il écouta attentivement, puis délibéra un moment avec l'officier de service. Ils étaient sans doute d'accord, parce qu'ils me demandèrent si j'étais prêt maintenant à les accompagner.

— Pour aller où ? demandai-je en me relevant.

— Retour aux tas d'ordures. Peut-être les attraperons-nous encore !

— Je vais essayer, dis-je.

Il me regarda un instant fixement et me dit brusquement :

— Aimeriez-vous attendre un peu, ou même jusqu'à demain, mon jeune Anglais ?

Cela me toucha au fond du cœur, comme peut-être il le voulait, et je sautai sur mes pieds.

— Partons maintenant, dis-je, maintenant ! maintenant ! Un Anglais est toujours prêt à faire son devoir !

Le commissaire était aussi débonnaire que sagace ; il me tapa sur l'épaule d'une façon amicale :

— Brave garçon ! dit-il, pardonnez-moi, mais je savais ce qui vous ferait le plus de bien. La garde est prête. Allons-y !

---

6   En français dans le texte. (N.d.T.)

Ainsi, après avoir traversé la salle de garde et suivi un long passage voûté, nous sortîmes dans la nuit. Quelques-uns des hommes en avant avaient de puissantes lanternes. Nous franchîmes la cour et descendîmes un chemin en pente, pour sortir sous une poterne vers un chemin creux, le même que celui que j'avais vu dans ma fuite.

Les soldats reçurent l'ordre de marcher au pas gymnastique, et d'un pas vif et sautant, moitié courant, moitié marchant, ils avancèrent rapidement. Je sentis mes forces revenir de nouveau – tant il y a une différence entre un chasseur et un chassé. Une très courte distance nous séparait d'un ponton, bas de profil, qui traversait la rivière, et apparemment très peu en amont de l'endroit où je l'avais franchie. On avait quelque peu sans doute essayé de l'endommager, parce que toutes les cordes avaient été coupées et l'une des chaînes avait été brisée. J'entendis l'officier dire au commissaire :

— Nous arrivons juste à temps ! Quelques minutes de plus et ils détruisaient le pont. En avant ! Encore plus vite ! (Et nous allâmes de l'avant.)

De nouveau, nous approchâmes d'un ponton sur la courbe de la rivière ; en arrivant, nous entendîmes les « boum » creux des tambours métalliques au moment où ils cherchaient à détruire aussi ce pont. Un mot d'ordre fut lancé, et plusieurs hommes pointèrent leurs fusils.

— Feu ! (Une salve retentit. Un cri étouffé s'éleva, et les silhouettes sombres se dispersèrent. Mais le mal avait été fait, et nous vîmes la partie éloignée du ponton se balancer dans la rivière. Ceci fut la cause d'un retard sérieux, car il nous fallut presque une heure pour remplacer les cordes et remettre en état le pont d'une façon suffisamment solide pour le traverser.)

Nous reprîmes la chasse. Nous avancions de plus en plus rapidement vers les tas d'ordures.

Après un certain temps, nous arrivâmes à un endroit que je connaissais. Là se trouvaient les restes d'un feu – quelques cendres de bois qui couvaient encore jetèrent une lueur rouge, mais la plus grande partie du feu était froide.

Je reconnus le site de la cabane, et derrière le tas sur lequel j'avais grimpé ; dans le rougeoiement des cendres, les yeux des rats brillaient toujours avec une sorte de phosphorescence. Le commissaire adressa un mot à l'officier qui cria :

— Halte !

Les soldats reçurent l'ordre de se disperser alentour et de se tenir aux aguets, puis nous commençâmes à examiner les ruines. Le commissaire lui-même entreprit de soulever les planches brûlées et les débris calcinés. Des soldats les réunirent en les empilant. Peu après, le commissaire recula, se pencha et me fit signe en se redressant :

— Regardez ! dit-il.

C'était un horrible spectacle. Il y avait un squelette qui gisait, le visage tourné contre le sol : une femme, apparemment. Entre les côtes se dressait un pieu, long comme une épée, semblable à un couteau à aiguiser de boucher, dont la pointe acérée était enfoncée dans l'épine dorsale.

— Vous remarquerez, dit le commissaire à l'officier et à moi-même en sortant son calepin, que cette femme a dû tomber sur son couteau. Les rats pullulent ici – regardez leurs yeux qui brillent dans cet amas d'os –, et vous observerez aussi (je frémis quand il passa sa main sur le squelette) qu'ils n'ont guère perdu de temps. Les os sont à peine froids !

Aucune autre présence ne se manifestait dans les parages, morte ou vivante ; se reformant en ligne, les soldats reprirent donc leur route. Nous arrivâmes peu après à la cabane construite avec l'armoire ancienne. Nous nous en approchâmes. Des vieillards, dans cinq des six compartiments, étaient en train de dormir – endormis si profondément que même la lumière des lanternes ne les réveilla point.

Ils paraissaient décatis, sinistres et gris avec leur visage émacié, ridé et buriné et leurs moustaches blanches. L'officier leur adressa durement un ordre d'une voix forte, et à l'instant chacun des six vieillards fut debout devant nous, se tenant au garde-à-vous.

— Que faites-vous ici ?

— Nous dormons, répondirent-ils.

— Où sont les autres chiffonniers ? demanda le commissaire.

— Partis travailler.

— Et vous ?

— Nous sommes de garde.

— Peste[7] ! dit l'officier en riant sardoniquement, regardant les vieillards l'un après l'autre bien en face. (Puis il ajouta, avec une cruauté froide et délibérée :) Endormis à votre poste ! C'est cela la façon de faire de l'ancienne garde ? Waterloo, rien alors d'étonnant !

Éclairés par la lumière de la lanterne, je vis les visages vieux et sinistres devenir pâles comme la mort, et je faillis frémir en voyant l'expression de leur regard quand les soldats firent écho à la plaisanterie impitoyable de l'officier.

Je sentis à cet instant que, dans une certaine mesure, j'avais ma revanche.

Pendant un moment, ils parurent être sur le point de se jeter contre l'homme qui les insultait, mais des années de vie de soldat les avaient entraînés et ils restèrent silencieux.

— Vous n'êtes que cinq, dit le commissaire ; où est le sixième ? (La réponse tomba avec un gloussement sinistre.)

— Le voici ! (Et celui qui parlait montra du doigt le fond de l'armoire.) Il est mort cette nuit. Vous n'en trouverez pas grand-chose. Il est rapide, l'enterrement des rats !

Le commissaire se pencha pour regarder à l'intérieur de l'armoire. Puis il se retourna vers l'officier et dit calmement :

— Autant repartir. Il n'y a plus de trace maintenant ; rien ne prouve que cet homme était celui qui a été blessé par les balles de vos soldats ! Ils l'ont probablement tué pour effacer toute trace ! Regardez ! (De nouveau, il se pencha et posa ses mains sur le squelette.) Les rats travaillent vite, et ils sont en grand nombre. Les os sont encore tièdes !

Je frémis, et bien d'autres autour de moi firent de même.

— Formez-vous ! dit l'officier, et ainsi rangés en ordre de marche, les lanternes se balançant en avant, les vétérans, menottes aux

---

7   En français dans le texte. (N.d.T.)

poignets au centre du groupe, nous abandonnâmes d'un pas rapide les tas d'ordures pour prendre le chemin de retour du fort de Bicêtre.

Mon année de probation est terminée depuis longtemps, et Alice est ma femme. Mais quand je jette un regard en arrière sur cette période difficile de douze mois, de tous les incidents qui me reviennent à la mémoire, le plus vivace est celui qui est associé à ma visite à la Cité des Ordures…

Une prophétie de bohémienne

— Je pense vraiment, dit le docteur, que l'un de nous au moins devrait y aller pour essayer, et voir s'il s'agit ou non d'une imposture.

— Bien ! dit Considine. Après dîner, nous prendrons nos cigares et nous irons faire un tour au campement.

Ainsi, le dîner achevé, la bouteille de bordeaux vidée, Joshua Considine et son ami, le docteur Burleigh, se dirigèrent vers l'extrémité est du terrain communal où se trouvait le campement des bohémiens.

Comme ils s'éloignaient, Mary Considine, qui les avait accompagnés jusqu'au fond du jardin où s'ouvrait le chemin, cria à son mari :

— N'oublie pas, Joshua ! Laisse-leur une chance équitable de lire ton avenir, mais ne leur donne aucun indice, et ne te mets pas à faire de l'œil aux jeunes bohémiennes ! Et prends soin de tenir Gerald hors du danger !

En guise de réponse, Considine leva la main comme le fait un comédien sur scène quand il prête serment, puis se mit à siffler l'air d'une vieille chanson, La Comtesse bohémienne. Gerald entonna la mélodie à son tour, et les deux amis, éclatant d'un rire joyeux, prirent le chemin du terrain communal, se retournant de temps à autre pour saluer Mary qui s'appuyait sur la barrière et, dans le crépuscule, les regardait s'éloigner.

C'était une belle soirée d'été, l'air lui-même était empli de quiétude et de bonheur calme, symbole extérieur de la paix et de la joie qui faisaient un paradis de la maison du jeune couple. La vie de Considine n'avait pas été riche en événements. Le seul élément perturbateur qu'il ait jamais connu avait été la cour qu'il avait faite à Mary Winston, et l'opposition longtemps manifestée par ses parents ambitieux qui espéraient un parti plus brillant pour leur fille unique.

Quand M. et Mme Winston avaient découvert l'attachement du jeune avocat, ils avaient essayé d'éloigner les jeunes gens en envoyant leur fille faire une longue série de visites en province, après avoir obtenu d'elle la promesse de ne pas correspondre avec son amant pendant son absence. L'amour toutefois avait surmonté l'épreuve. Ni l'absence ni le silence n'avaient paru refroidir la passion du jeune homme, et la jalousie semblait une chose inconnue de sa nature confiante ; ainsi, après une longue période d'attente, les parents cédèrent et les jeunes gens se marièrent.

Ils habitaient le cottage depuis quelques mois et commençaient à se sentir chez eux. Gerald Burleigh, vieil ami d'université de Joshua, et lui-même victime jadis de la beauté de Mary, était arrivé la semaine précédente avec l'intention de rester avec eux aussi longtemps qu'il pourrait s'arracher à son travail à Londres.

Quand son mari eut complètement disparu, Mary revint à la maison, et, s'asseyant au piano, consacra une heure à Mendelssohn.

Il fallut peu de temps pour traverser le terrain communal, et, avant que les deux cigares fussent terminés, les deux hommes avaient atteint le campement des bohémiens. L'endroit était aussi pittoresque que le sont d'ordinaire les campements de bohémiens – quand ils sont plantés dans les villages et que les affaires sont bonnes. Il y avait quelques curieux autour du feu, investissant leur argent dans les prophéties, et beaucoup d'autres, plus pauvres ou plus économes, qui restaient à l'écart du campement, mais assez près pour voir tout ce qui se passait.

Quand les deux amis s'approchèrent, les villageois, qui connaissaient Joshua, s'écartèrent un peu, et une jolie bohémienne aux yeux perçants vint à eux et proposa de leur prédire l'avenir.

Joshua tendit sa main, mais la fille, négligeant de l'examiner, le dévisagea d'une façon très étrange. Gerald donna un coup de coude à son ami :

— Tu dois lui donner une pièce, dit-il. C'est à cette seule condition que se manifestera le mystère.

Joshua tira une demi-couronne de sa poche et la lui tendit, mais sans regarder la pièce, elle répondit :

— Vous devez mettre une pièce de plus dans la main de la bohémienne.

Gerald rit.

— Vraiment, tu n'en rates pas une, dit-il.

Joshua était le genre d'homme – le genre universel – capable de supporter le regard fixe d'une jolie fille. Aussi, avec un certain détachement, il répondit :

— Très bien, ma belle ; mais en échange, vous devrez me prédire un très bel avenir. (Et il lui tendit un demi-souverain qu'elle prit en disant :)

— Ce n'est pas à moi de vous prédire un bon ou un mauvais avenir, je lis simplement ce que les étoiles disent.

Elle prit sa main droite et la retourna, la paume en l'air, mais à l'instant où ses yeux la déchiffraient, elle la laissa tomber comme si celle-ci était chauffée à blanc, et, le regard effrayé, elle s'éclipsa rapidement. Levant alors le rideau de la grande tente qui occupait le centre du campement, elle disparut à l'intérieur.

— Tu t'es fait encore avoir, dit le cynique Gerald.

Joshua paraissait étonné, et pas du tout satisfait. Ils surveillèrent tous deux la tente principale. Peu après émergea du rideau entrouvert non pas la jeune bohémienne, mais une femme d'un certain âge, au maintien digne et à la présence imposante.

Au même instant, le campement entier sembla se figer.

Le claquement des langues, les rires, toutes les activités cessèrent un bref moment, et les hommes et les femmes qui étaient assis, ou à moitié couchés, se levèrent pour venir s'approcher de la bohémienne à l'aspect impérial.

— La Reine, bien sûr, murmura Gerald. Nous avons de la chance, ce soir.

La Reine des bohémiens jeta un regard perçant autour du

campement et puis, sans hésiter un instant, vint droit sur Joshua et se planta devant lui :

— Donnez votre main, dit-elle d'un ton sans réplique.

De nouveau Gerald murmura :

— On ne m'a jamais parlé sur ce ton depuis que j'étais à l'école.

— L'or en échange de votre main.

— Entre dans son jeu, souffla Gerald, et Joshua déposa un nouveau demi-souverain dans la paume tendue.

La bohémienne étudia la main en fronçant les sourcils ; puis tout à coup, regardant Joshua bien en face, elle lui dit :

— Avez-vous une forte volonté, avez-vous un cœur loyal qui peut faire preuve de courage devant l'être que vous aimez ?

— Je le pense, mais je crains de ne pas avoir suffisamment de vanité pour en convenir.

— Alors je répondrai pour vous. Je vois en effet sur votre visage de la résolution, et même de la détermination. Vous avez une femme et vous l'aimez ?

— Oui, répondit Joshua avec emphase.

— Alors, quittez-la immédiatement pour ne plus jamais la revoir. Éloignez-vous d'elle tout de suite, dans la fraîcheur de votre amour et la pureté de votre cœur, incapable de faire le moindre mal. Partez vite, partez loin, et ne la revoyez jamais plus !

Joshua retira sa main rapidement et dit : « Merci ! » mais avec raideur et sur le ton du sarcasme, tout en cherchant à s'éloigner.

— Ah, non ! Ne t'en va pas comme ça ! dit Gerald. Mon vieux, ça ne vaut pas la peine de s'indigner contre les étoiles ou leur prophète, et en plus, ton souverain, qu'est-ce qu'il devient ? Au moins, écoute-la jusqu'à la fin.

— Silence, ribaud, ordonna la Reine, vous ne savez pas ce que vous dites. Laissez-le partir ; partir ignorant s'il ne veut rien savoir.

Joshua fit demi-tour immédiatement :

— Non, nous allons en finir avec cette histoire, dit-il. Maintenant, madame, vous m'avez donné un conseil et je vous ai payée pour lire mon avenir.

— Je t'en avertis, dit la bohémienne. Les étoiles se sont tues pendant longtemps ; laissons le mystère qui les entoure demeurer longtemps encore.

— Ma chère madame, je ne passe pas à côté d'un mystère tous les jours et je préfère en avoir pour mon argent plutôt que de rester dans l'ignorance. Cette dernière, je m'en accommode quand je veux, et pour rien.

Gerald acquiesça :

— J'en ai chez moi un grand stock d'invendables !

La Reine des bohémiens dévisagea sévèrement les deux hommes et leur dit :

— Comme vous voulez ! Vous avez décidé : vous opposez à mon avertissement le mépris, et à mon appel la plaisanterie. Que le destin tombe sur vos têtes !

— Amen ! dit Gerald.

D'un geste impérieux, la Reine reprit la main de Joshua et commença à lui prédire son avenir :

— Je vois ici du sang qui coule ; il va couler ; il coule devant mes yeux. Il coule dans le cercle brisé d'un anneau de mariage brisé.

— Continuez, dit Joshua, souriant.

Gerald était silencieux.

— Dois-je parler plus clairement ?

— Certainement. Nous autres, communs mortels, nous voulons quelque chose de précis. Les étoiles sont lointaines et leur message est quelque peu obscur.

La bohémienne frémit et se mit à parler d'une façon impressionnante :

— Voici la main d'un assassin ! L'assassin de sa femme !

Elle laissa tomber la main et détourna la tête. Joshua rit :

— Vous savez, dit-il, si j'étais à votre place, j'introduirais un peu de jurisprudence dans mon système de prédiction. Par exemple, vous dites que « cette main est la main d'un assassin ». Eh bien ! quoi qu'elle puisse être à l'avenir, ou devenir, pour le moment elle n'en est pas une. Vous devriez dire votre prophétie dans des termes tels que : « La main qui sera celle d'un assassin », ou plutôt : « La main qui sera celle d'une personne qui sera l'assassin de sa femme ». Les étoiles, vraiment, ne sont pas très calées sur ces questions techniques.

La bohémienne ne fit pas de commentaire, mais, baissant la tête d'un air triste, elle marcha lentement vers la tente et disparut en soulevant le rideau.

Silencieux, les deux hommes prirent le chemin du retour et retraversèrent la lande. Après un certain temps, et avec un peu d'hésitation, Gerald se mit à parler :

— Naturellement, mon vieux, tout cela n'est qu'une plaisanterie, une plaisanterie effrayante, mais une plaisanterie. Ne vaudrait-il pas mieux la garder pour nous ?

— Que veux-tu dire ?

— Eh bien, ne pas la raconter à ta femme. Elle pourrait l'alarmer.

— L'alarmer ? Mais, mon cher Gerald, à quoi penses-tu ? Mary ne serait ni alarmée ni effrayée par moi, même si toutes les bohémiennes, qui ne sont jamais venues de Bohême, se mettaient d'accord pour dire que je vais l'assassiner, ou que je vais avoir une pensée blessante à son égard, et cela dans un laps de temps aussi long qu'il lui faudrait pour dire « Non ».

Gerald rétorqua :

— Mon cher, les femmes sont superstitieuses, beaucoup plus que nous ne le sommes. Et aussi, elles sont bénies – ou maudites –, avec leur système nerveux auquel nous sommes étrangers. Je ne le vois que trop dans mon travail pour ne pas en tenir compte. Crois-moi, ne lui dis rien, ou tu vas l'effrayer.

Le visage de Joshua se durcit quand il répondit :

— Mon cher, je n'aurai pas de secret pour ma femme. En avoir serait détruire l'entente qui règne entre nous. Nous n'avons pas de secret l'un pour l'autre. Si jamais nous en avons, alors attends-toi que survienne quelque chose de bizarre entre nous !

— Néanmoins, dit Gerald, même si je dois t'irriter, je te le répète avant qu'il ne soit trop tard, il vaut mieux ne pas lui en parler.

— Ce sont les mêmes mots que ceux de la bohémienne, dit Joshua. Tous les deux, vous avez le même avis. Dis-moi, mon vieux, est-ce que c'est un coup monté ? C'est toi qui m'as parlé du campement des bohémiens ; est-ce que tu aurais arrangé tout cela avec Sa Majesté ?

Joshua avait parlé d'un air mi-sérieux, mi-plaisant.

Gerald lui assura qu'il n'avait entendu parler du campement que le matin même. Mais Joshua se moquait de son ami, et durant cet échange de plaisanteries, le temps avait passé et ils entrèrent dans le cottage.

Mary était assise au piano mais ne jouait pas. L'obscurité avait éveillé de tendres sentiments dans sa poitrine et ses yeux étaient emplis de douces larmes. Quand les deux hommes entrèrent, elle se glissa à côté de son mari et l'embrassa. Joshua prit une pose tragique :

— Mary, dit-il d'une voix profonde, écoute les paroles du sort. Les étoiles ont parlé et le destin est scellé.

— Alors, dis-moi, chéri ? Dis-moi l'avenir, mais ne m'effraie pas.

— Bien sûr que non, ma chérie. Mais il est une vérité qu'il faut que tu connaisses. Elle est nécessaire, même, afin que tous les arrangements puissent être pris à l'avance et chaque chose accomplie décemment et dans l'ordre.

— Continue, chéri. Je t'écoute.

— Mary Considine, il n'est pas impossible que l'on voie un jour ton effigie chez Madame Tussaud. Les étoiles, qui se moquent des juristes, ont annoncé la nouvelle sinistre : cette main sera rouge, rouge de ton sang. Mary ! mon Dieu !

Il s'était précipité, mais trop tard, pour la rattraper avant qu'elle ne tombe évanouie sur le sol.

— Je te l'avais dit, commenta Gerald. Tu ne les connais pas comme je les connais.

Peu après, Mary reprit conscience, mais pour sombrer aussitôt dans une forte hystérie qui la fit rire, pleurer et divaguer. Elle criait : « Tenez-le à distance de moi, de moi ! Joshua, mon mari ! » et bien d'autres paroles d'appel au secours et de frayeur.

Joshua Considine était dans un état d'esprit proche du désespoir ; quand, enfin, Mary redevint calme, il s'agenouilla devant elle, embrassa ses pieds, ses mains, ses cheveux, l'appela de tous les noms doux et lui adressa toutes les paroles tendres que ses lèvres pouvaient formuler. Toute la nuit il resta assis à son chevet et lui tint la main. Tard dans la nuit, et jusqu'au petit matin, elle se réveilla plusieurs fois de son sommeil et cria comme effrayée jusqu'à ce qu'elle fût réconfortée par la conscience que son mari veillait à son côté.

Au cours du petit déjeuner, qui fut servi tard le lendemain matin, Joshua reçut un télégramme qui le réclamait à Withering, un village situé à une vingtaine de miles. Il hésita à s'y rendre, mais Mary ne voulut pas qu'il restât, et un peu avant midi il partit dans son cabriolet.

Quand elle fut seule, Mary se retira dans sa chambre. Elle ne se montra pas au déjeuner, mais quand le thé de l'après-midi fut servi sur la pelouse, sous le grand saule pleureur, elle vint se joindre à son invité. Elle semblait tout à fait remise de sa maladie de la veille au soir. Après quelques remarques anodines, elle dit à Gerald :

— Bien sûr, c'était bête hier soir, mais je n'ai pas pu m'empêcher de me sentir effrayée. Je crois que je le serais encore si je me permettais d'y penser. Mais après tout, ces gens ne font qu'imaginer ces choses et je suis en mesure de prouver que la prédiction est fausse – si la prédiction est bien fausse, ajouta-t-elle tristement.

— Que comptez-vous faire ? demanda Gerald.

— Aller moi-même au campement des bohémiens, et demander à la Reine de me prédire l'avenir.

— Parfait ! Je peux vous accompagner ?

— Oh, non ! Cela gâcherait tout ! Elle pourrait vous reconnaître et me deviner, et arranger ses prédictions ! J'irai cet après-midi, toute seule.

À la fin de l'après-midi, Mary Considine prit la direction du campement des bohémiens. Gerald l'accompagna jusqu'à l'entrée du terrain communal et revint seul. Une demi-heure s'était à peine écoulée que Mary revint dans le salon où Gerald était étendu sur le canapé en train de lire. Elle était pâle comme la mort et dans un état d'excitation extrême. Elle avait à peine traversé le seuil qu'elle s'effondra en gémissant sur le tapis. Gerald se précipita pour l'aider à se relever, mais elle fit un effort extrême, se contrôla et lui demanda le silence. Il attendit, et le désir de lui obéir parut être le meilleur secours, parce que après quelques minutes elle sembla un peu remise et put lui dire ce qui s'était passé.

— Quand je suis arrivée au camp, il me sembla qu'il n'y avait pas âme qui vive. Je me dirigeai vers le centre et j'attendis. Tout à coup, une grande femme apparut à côté de moi. « Quelque chose m'a dit qu'on me voulait », me dit-elle. Elle tendit la main et j'y glissai une pièce d'argent. Elle tira de son cou un petit objet d'or et le déposa à côté. Puis elle les prit tous deux et les jeta dans le ruisseau qui passait à nos pieds. Puis elle prit ma main dans les siennes et se mit à proférer : « Rien que le sang dans cet endroit coupable » et elle s'éloigna. Je la rattrapai, lui demandai de m'en dire davantage. Après quelques hésitations, elle dit : « Hélas ! hélas ! Je vous vois couchée au pied de votre mari, et ses mains sont rouges de sang. »

Gerald ne se sentit pas du tout à l'aise et voulut plaisanter.

— Assurément, dit-il, cette femme est hantée par l'idée d'un meurtre.

— Ne riez pas, dit Mary, je ne puis le supporter.

Et, comme saisie par une impulsion soudaine, elle quitta la pièce.

Peu après, Joshua revint, souriant et de bonne humeur, aussi affamé qu'un chasseur après sa longue promenade.

Sa présence réconforta sa femme qui sembla beaucoup plus souriante, mais elle ne mentionna pas l'épisode de la visite au campement des bohémiens, si bien que Gerald se tut lui aussi. Comme par un consentement tacite, le sujet ne fut pas abordé pendant la soirée. Mais une expression étrange et décidée passa sur le visage de Mary, que Gerald ne put pas ne pas voir.

Le lendemain matin, Joshua descendit au petit déjeuner plus tard que de coutume. Mary s'était levée tôt et se promenait dans la maison depuis le matin. Le temps passant, elle semblait devenir nerveuse, et, de temps à autre, elle jetait autour d'elle un regard anxieux.

Gerald ne put que remarquer que personne au petit déjeuner n'arrivait à avaler la nourriture de façon satisfaisante. Ce n'était pas que les côtelettes fussent dures, mais les couteaux étaient émoussés. Lui, étant invité, bien sûr ne fit pas de commentaire. Mais bientôt, il vit Joshua qui passait son doigt sur le bord de la lame de son couteau d'une façon inconsciente. En le voyant faire, Mary devint pâle et faillit s'évanouir.

Après le petit déjeuner, ils sortirent tous sur la pelouse. Mary composa un bouquet et dit à son mari : « Cueille-moi quelques-unes de ces roses, chéri. »

Joshua attira une branche du rosier qui grimpait sur la façade de la maison. La tige fléchit, mais elle était trop épaisse pour qu'elle pût être cassée. Il mit la main à sa poche pour prendre son couteau mais ne le trouva pas.

— Donne-moi ton couteau, Gerald, dit-il.

Mais Gerald n'en avait point, aussi alla-t-il dans la salle à manger et en prit un sur la table.

Il revint, touchant le fil de la lame et grommelant :

— Que diable ! que s'est-il passé avec tous les couteaux, ils semblent tous être ébréchés ?

Mary se détourna subitement et rentra dans la maison.

Joshua s'essaya à couper la tige avec son couteau émoussé comme font les cuisinières dans les campagnes avec les cous des poulets, ou les garçons quand ils coupent de grosses ficelles. Avec un peu d'effort, il accomplit sa tâche. Les roses poussaient épaisses sur la branche, aussi décida-t-il de cueillir un grand bouquet.

Il ne put pas trouver un seul couteau aiguisé dans la desserte où étaient rangés les couteaux, aussi il appela Mary, et quand elle arriva, il lui dit ce qui se passait. Elle semblait si agitée et si misérable qu'il ne put résister au désir de savoir la vérité, et, comme étonné et blessé, il lui demanda :

— Tu veux dire que c'est toi, toi qui as fait ça ?... Elle

l'interrompit :

— Oh ! Joshua ! j'avais si peur.

Joshua, après un moment, reprit, un air décidé sur son visage blême :

— Mary, dit-il, c'est ainsi que tu as confiance en moi ? Je ne l'aurais pas cru.

— Oh ! Joshua ! cria-t-elle en le suppliant, pardonne-moi, et elle versa des larmes amères. Joshua réfléchit un instant et dit :

— Je comprends maintenant. Il faut en finir avec tout cela, ou nous deviendrons tous fous. Il courut au salon :

— Où vas-tu ? cria presque Mary.

Gerald intervint, disant qu'il n'était pas superstitieux au point d'avoir peur d'instruments émoussés, surtout quand il vit Joshua sortir de la porte-fenêtre, tenant à la main un grand couteau gourka qui, d'ordinaire, était posé sur la table du milieu – c'était un cadeau que son frère lui avait envoyé de l'Inde du Nord, un de ces grands couteaux de chasse utilisés dans les combats à l'arme blanche et qui avaient été si efficaces contre les ennemis des Gourkas loyaux, lors de leur mutinerie.

Lourd, mais bien équilibré dans la main, il semblait léger, avec sa lame effilée comme un rasoir. Avec l'un de ces couteaux, un Gourka aurait pu couper un mouton en deux.

Quand Mary vit son époux sortir de la pièce l'arme à la main, elle se mit à crier dans un accès de frayeur, et les hystéries de la nuit passée revinrent immédiatement.

Joshua courut vers elle et, la voyant tomber, jeta le couteau et essaya de la rattraper.

Mais il intervint une seconde trop tard, et les deux hommes crièrent en même temps en voyant Mary affalée sur la lame nue.

Gerald, arrivé près d'elle, constata qu'en tombant la lame était restée en partie fichée dans l'herbe, et qu'elle avait entaillé la main gauche de Mary. Quelques-unes des petites veines de sa main étaient tranchées et le sang coulait librement de sa blessure. Pendant qu'il mettait un pansement, il fit remarquer à Joshua que l'anneau de mariage avait été coupé par l'acier.

Ils l'emportèrent, évanouie, dans la maison. Quand, après un certain temps, elle reprit conscience, son bras en écharpe, elle était apaisée et heureuse. Elle dit à son mari :

— La bohémienne était merveilleusement près de la vérité ; trop près pour que la vraie chose puisse jamais arriver maintenant, chéri.

Joshua se pencha et embrassa la main blessée.

Les sables de Crooken

M. Arthur Fernlee Markam, qui loua la villa appelée La Maison Rouge au-dessus du village des Maisons-de-Crooken, était commerçant à Londres et, en véritable cockney, crut nécessaire, avant d'aller passer ses vacances d'été en Écosse, de s'habiller de pied en cap comme un chef de clan écossais tel qu'on en voit sur les gravures en couleurs et sur les scènes de music-hall. Il avait vu un jour, au Théâtre de l'Empire, le Grand Prince – « le Roi des Rastaquouères » – faire un malheur en interprétant le rôle du « MacSlogan de MacSlogan » et chantant la célèbre chanson écossaise « Il n'y a rien comme le haggis[8] pour donner soif », et depuis ce jour il avait conservé en mémoire une fidèle image de cet aspect pittoresque et guerrier donné par le comédien. En fait, si l'on avait pu lire le fond de la pensée de M. Markam au sujet de son choix de l'Aberdeenshire comme station d'été, on aurait vu que, au premier plan de ce lieu de villégiature dessiné par son imagination, se profilait la figure colorée de MacSlogan, de MacSlogan[9]. Quoi qu'il en soit, la chance – au moins en ce qui concerne la beauté du paysage – le conduisit à choisir la baie de Crooken. C'est un joli endroit entre Aberdeen et Peterhead, juste au-dessus du rivage rocheux à partir duquel les récifslongs et dangereux, connus sous le

---

8   Sorte de hachis écossais, composé de cœur, mou et foie de mouton ou de veau. (N.d.T.)

9   The MacSlogan of that Ilk signifie à la fois le nom du propriétaire foncier et celui de son domaine, mais aussi « de cette espèce », « de cet acabit ». Markam ne veut comprendre que le sens qui flatte sa vanité.

nom des Éperons, s'étendent dans la mer du Nord. Entre ces récifs et Les Maisons-de-Crooken – un village abrité par les falaises du Nord – s'étendent la baie profonde et, derrière elle, une multitude de dunes couvertes d'arbustes inclinés où pullulent les lapins par milliers.

À chaque extrémité de la baie s'avance un promontoire rocheux, et quand le soleil, à son lever ou à son coucher, éclaire les rochers de syénite rouge, l'effet est vraiment très beau. Le fond de la baie elle-même est constitué de sable plat, et, quand la marée se retire loin, elle laisse une étendue unie de sable dur sur lequel tranchent, ici et là, les lignes sombres des filets à pieux et les filets à nasse des pêcheurs de saumons. À l'une des extrémités de la baie se dessine un petit groupe, ou une grappe de rochers, dont les têtes émergent un peu au-dessus de la marée haute, sauf quand par gros temps les vagues les couvrent de leur masse verte. À marée basse, ils sont totalement exposés, dangereux sur cette partie de la côte est. Entre les rochers, qui sont distants d'à peu près cinquante pieds l'un de l'autre, se trouve en effet un petit espace de sables mouvants, qui, comme les Goodwins, est dangereux uniquement au moment de la marée montante. Il s'étend au large, jusqu'à ce qu'il se perde dans la mer, et vers le rivage, jusqu'à ce qu'il disparaisse dans le sable dur de la plage supérieure. Sur la pente de colline qui domine les dunes, à mi-chemin entre les Éperons et le port de Crooken, se trouve La Maison Rouge. Elle se dresse au milieu d'un groupe de sapins qui la protègent sur trois côtés, laissant ouvert le front de mer. Un jardin bien entretenu comme un jardin de curé s'étend jusqu'à la route au-delà de laquelle un sentier herbeux, que peuvent emprunter les voitures légères, cherche sa voie jusqu'à la plage, en contournant les collines de sable.

Quand la famille Markam arriva à La Maison Rouge – après trente-six heures de ballottement dans le bateau d'Aberdeen, le Ban Righ, venant de Blackwall, après avoir pris subséquemment le train pour Yellon, et accompli la promenade en voiture d'une douzaine de miles –, tous ses membres se mirent d'accord pour dire qu'ils n'avaient jamais vu endroit plus enchanteur.

La satisfaction générale était même à son comble parce que, jusqu'alors, aucun membre de la famille n'avait pu, pour diverses raisons, apprécier les choses et les paysages qu'on pouvait voir à l'intérieur de la frontière écossaise. Quoique la famille fût nombreuse, la prospérité des affaires de M. Markam lui permettait un grand luxe de dépenses personnelles, y compris une latitude très large dans le choix des vêtements. Le grand nombre de nouvelles robes des demoiselles Markam était source d'envie pour leurs amies intimes, et de joie pour elles-mêmes.

Arthur Fernlee Markam n'avait pas mis sa famille dans la confidence au sujet de son nouveau costume. Il n'était pas tout à fait certain qu'il serait à l'abri du ridicule, au moins des sarcasmes, et puisqu'il était sensible sur ce sujet, il pensait qu'il valait mieux attendre d'être dans l'environnement qui convenait avant de permettre à la pleine splendeur de son costume d'éclater devant leurs yeux. Il s'était donné quelque peine pour s'assurer que son costume écossais était complet. Dans ce but, il avait fait plusieurs visites au magasin de vêtements « Tartans écossais cent pour cent laine » qu'avaient récemment ouvert, dans Copthall Court, MM. MacCallum More et Roderick MacDhu. Une suite de consultations anxieuses s'en étaient suivies avec le directeur du magasin, MacCallum, celui-ci souhaitant qu'on l'appelât ainsi, sans les habituels « Monsieur » ou « Esquire ». Le stock disponible de boucles, boutons, lanières, broches et ornements variés fut examiné dans le plus grand détail ; le choix fait, pour compléter le tout, une plume d'aigle de taille suffisamment magnifique fut trouvée, et ainsi l'équipement fut complet. Ce n'est qu'après avoir vu le costume terminé – les couleurs vives du tartan étant atténuées par la sobriété relative de la multitude de garnitures en argent, de la broche de Cairngorm, de l'épée, du poignard et de la bourse en peau de chèvre – qu'il fut pleinement et absolument satisfait de son choix.

D'abord, il avait songé pour le kilt au strict tartan Royal Stuart, mais il l'avait abandonné quand MacCallum lui eut fait remarquer que, si par hasard il se trouvait dans les environs de Balmoral, cela pourrait provoquer des complications. MacCallum, qui, notons-le, parlait avec un accent cockney remarquable, suggéra d'autres tissus qu'il lui présenta l'un après l'autre ; mais maintenant qu'on avait soulevé la question de l'authenticité, M. Markam prévoyait des difficultés s'il se trouvait par hasard dans la localité du clan dont il aurait usurpé les couleurs. MacCallum proposa alors de fabriquer un tissu avec un motif spécial, aux frais de Markam, et qui ne serait jamais semblable à aucun tartan existant, cela en combinant les caractéristiques d'un grand nombre de tartans. Le motif de base fut le Royal Stuart mais avec des variantes, s'inspirant de la simplicité du motif des clans Macalister et Ogilvie, et de la neutralité de la couleur des clans Buchanan, Macbeth, Macintosh et Macleod. Quand le spécimen fut présenté à Markam, il eut des craintes que le tissu pût paraître voyant ; mais quand Roderick MacDhu tomba en extase devant sa beauté, Markam ne fit pas d'objection à ce que le costume fût exécuté. Il pensait, et sagement, que si un véritable Écossais comme MacDhu aimait bien ce tissu, celui-ci devait convenir – d'autant plus que le plus jeune des deux associés était un homme qui lui ressemblait beaucoup par sa carrure et son aspect. Quand MacCallum encaissa le chèque, dont il faut convenir que le montant était un peu raide, il ajouta :

— J'ai pris la liberté de faire tisser une quantité supplémentaire de tissu, au cas où vous-même ou bien l'un de vos amis en aurait besoin.

Markam lui en fut reconnaissant et lui dit qu'il serait trop heureux si le beau tissu que les deux associés avaient créé était apprécié à sa juste valeur – il ne doutait pas que ce serait à la longue le cas –, et que ce dernier pouvait fabriquer et vendre tout le métrage qu'il voulait.

Markam essaya le costume un soir, dans son bureau, après le départ de tous les employés. Il était content, mais un peu effrayé par le résultat. MacCallum avait fait son travail parfaitement, rien n'avait été omis qui pût ajouter à la dignité martiale de celui qui portait le costume.

« Bien sûr, je ne prendrai avec moi l'épée et les pistolets que pour les occasions extraordinaires », se disait Markam en commençant à se déshabiller. Il décida qu'il mettrait le costume pour la première fois en accostant en Écosse, et c'est ainsi que ce matin, alors que le Ban Righ attendait au large du phare de Girdle Ness que la marée entrât dans le port d'Aberdeen, Markam surgit de sa cabine dans toute la splendeur éclatante de son nouveau costume. Le premier commentaire qu'il entendit vint de l'un de ses propres fils qui ne le reconnut pas au premier abord.

— Quel drôle de type ! Grands dieux ! Mais c'est le paternel !

Et le garçon fila tout de suite et tenta de cacher ses rires sous un coussin du salon. Markam avait le pied marin et n'avait pas souffert du tangage du bateau ; son visage naturellement rubicond fut encore plus coloré, s'il se peut, par la rougeur – dont il eut conscience – qui monta à ses joues quand il se trouva d'un seul coup le point de mire de tous les regards. Il souhaita de n'avoir pas été si hardi parce qu'il sentait quelque peu le froid sur la partie nue de sa tête, à côté du calot Glengarry si osé, posé d'une façon si brave. Toutefois, c'est avec courage qu'il fit face au groupe d'étrangers. Il ne fut pas trop affecté, tout au moins en apparence, quand quelques-uns de leurs commentaires lui arrivèrent jusqu'aux oreilles :

— Il est complètement marteau ! dit un cockney vêtu d'un costume aux carreaux criards.

— On dirait qu'il est couvert de mouches, dit un Yankee grand et maigre, pâle à cause du mal de mer, et qui était en route pour s'installer un certain temps aussi près que possible des grilles du château de Balmoral.

— Heureuse idée ! On devrait en remplir nos péninsules ! C'est le moment ! ajouta un jeune étudiant d'Oxford qui rentrait chez lui à Inverness.

Mais bientôt M. Markam entendit la voix de sa fille aînée :

— Où est-il ? Où est-il ? et elle arriva, se précipitant sur le pont, son chapeau rabattu derrière elle à cause du vent. (Son visage montrait des signes d'agitation, parce que sa mère venait de lui parler de l'accoutrement de son père ; mais quand elle le vit, elle éclata aussitôt d'un rire si violent qu'il en devint hystérique. Quelque chose du même genre se produisit chez chacun des autres enfants. Quand ils eurent tous fini de rire, M. Markam retourna à sa cabine et envoya la bonne de sa femme dire à chaque membre de la famille qu'il voulait les voir immédiatement. Ils vinrent tous, cachant leurs sentiments aussi bien qu'ils le pouvaient. Il leur parla très calmement :)

— Mes chéris, est-ce que je ne vous donne pas tout l'argent dont vous avez besoin ?

— En effet, père, répondirent-ils tous d'une voix grave, personne n'est plus généreux que vous.

— Est-ce que je ne vous laisse pas vous habiller comme bon vous semble ?

— Oui, père (ceci sur un ton penaud).

— Alors, mes chéris, ne pensez-vous pas qu'il serait plus gentil et plus charitable de votre part de ne pas essayer de me mettre dans une situation inconfortable, même si je porte un habit qui vous paraît ridicule, bien qu'il soit assez ordinaire dans ce pays où nous sommes sur le point de séjourner ?

Pour toute réponse, ils penchèrent leurs têtes.

Il était bon père, et tous le savaient. Il fut tout à fait satisfait et continua :

— Maintenant vous pouvez aller. Courez ! Amusez-vous ! Nous n'en parlerons plus jamais. (Puis il sortit de nouveau sur le pont, et fit face courageusement au feu du ridicule, autour de lui, bien qu'il n'entendît plus aucune nouvelle raillerie.)

Mais l'étonnement et l'amusement qu'avait provoqués son accoutrement sur le Ban Righ n'étaient rien en comparaison de ce qu'il créa à Aberdeen. Les garçons et les badauds, les femmes avec leur bébé, qui attendaient dans le hangar du débarcadère, suivirent en masse[10] quand le groupe de la famille Markam prit le chemin de la gare ; même les portiers avec leurs nœuds de cravate à l'ancienne mode, et qui attendaient, avec leurs chariots nouveau modèle, les voyageurs en bas de la passerelle, suivirent avec un ravissement émerveillé. Heureusement, le train pour Peterhead était sur le point de partir, aussi le martyre de Markam ne se prolongea pas plus longtemps. Dans le compartiment, le glorieux costume des Highlands

---

10 En français dans le texte.

ne se voyait point, et comme il y avait peu de monde à la station de Yellon, tout se passa bien là-bas. Mais quand la carriole approcha des Maisons-de-Crooken, et que les familles des pêcheurs eurent accouru sur le seuil de leur porte pour voir qui arrivait, l'excitation dépassa toute mesure. Les enfants agitaient leur bonnet et couraient en criant derrière la carriole ; les hommes abandonnaient leurs filets et leurs appâts et suivaient ; les femmes serraient leur bébé dans leurs bras et suivaient de même. Les chevaux étaient fatigués après leur long voyage aller-retour à Yellon, la colline était raide, aussi la foule eut-elle tout le temps de s'assembler, et même de précéder la carriole.

Mme Markam et les filles aînées auraient aimé pouvoir protester, ou entreprendre quelque chose qui pût soulager leur chagrin provoqué par le ridicule de Markam qui se lisait sur tous les visages, mais le regard déterminé et fixe du prétendu Highlander les impressionnait un peu et elles renoncèrent à parler. Peut-être à cause de la plume d'aigle qui montait au-dessus de la tête chauve, de la broche de Cairngorm agrafée sur l'épaule grasse, de l'épée, du poignard et des pistolets qui ceinturaient l'estomac proéminent, ou se montraient au-dessus des bas contre le mollet vigoureux, justifiant leur existence comme symboles de l'importance martiale et terrifiante de leur propriétaire. Quand le groupe arriva à la barrière de La Maison Rouge, une grande partie des habitants de Crooken attendaient, chapeau à la main et respectueusement silencieux ; le reste de la population montait péniblement la colline. Le silence fut coupé par un seul commentaire, celui d'un homme à la voix profonde :

— Dis donc ! mais il a oublié les cornemuses !

Les domestiques étaient arrivés depuis quelques jours, et tout était prêt. Dans la bonne humeur qui suivit un bon déjeuner après un voyage pénible, tous les désagréments du déplacement, tout le chagrin provoqué par l'adoption de ce costume odieux furent oubliés.

L'après-midi, Markam, toujours vêtu de toute sa panoplie, se promena parmi Les Maisons-de-Crooken. Il était seul, parce que, chose étrange à dire, sa femme et ses filles souffraient de maux de tête et s'étaient, lui avait-on dit, étendues pour se reposer de la fatigue du voyage. On ne put trouver non plus aucun des deux garçons. Son fils aîné, qui prétendait être un jeune homme, était sorti seul pour explorer les environs. L'autre garçon, quand son père avait voulu lui demander de l'accompagner dans sa promenade, avait réussi, par accident, bien sûr, à tomber dans le baquet d'eau et attendait d'être séché et de revêtir des vêtements secs.

Comme ses effets n'étaient pas encore déballés, cette promenade à deux était, bien sûr, impossible pour le moment.

M. Markam ne fut pas tout à fait satisfait de sa promenade. Il ne put réussir à faire la connaissance d'aucun de ses voisins. Non pas qu'il n'y eût personne autour de lui, au contraire, chaque maison, chaque masure semblait en être pleine ; mais les gens à l'extérieur étaient soit devant leur porte, à quelque distance derrière lui, ou encore sur le chemin, bien loin devant lui. Quand il passait, il pouvait voir le haut des têtes et le blanc des yeux dans les fenêtres ou dans les encoignures des portes. La seule conversation qu'il eut fut tout sauf plaisante. Elle eut lieu avec un vieillard, d'une espèce bizarre, qui ne disait quasi rien, sauf au culte, où il ajoutait Amen ! aux autres Amen. Son unique occupation semblait être d'attendre à la fenêtre du bureau de poste, à partir de huit heures du matin, l'arrivée du courrier d'une heure pour porter le sac à un château appartenant à un baron des environs. Il passait le reste de la journée assis sur un siège, dans une partie éventée du port, où étaient jetés les viscères des poissons, le reste des appâts et les ordures ménagères, et où les canards avaient l'habitude de s'amuser fort.

Quand Saft Tammie le vit venir, il leva les yeux, qu'il tenait généralement fixés dans le vide, dans la direction du chemin en face de son siège et, comme s'il eût été ébloui par un éclat de soleil, les frotta et les protégea de sa main.

Puis il se leva subitement, tendit le poing d'une façon accusatrice et se mit à parler :

— « Vanité des vanités, dit le pécheur, tout est vanité[11] ! » L'homme ! Sois prévenu à temps ! Regarde les lis des champs, ils ne travaillent pas, ils ne tissent pas, mais Salomon dans toute sa gloire

---

11 L'Ecclésiaste, I, 2.

n'était pas habillé comme un seul de ces lis[12]. L'homme ! L'homme ! Ta vanité est comme les sables mouvants qui engloutissent tout ce qui tombe sous leur enchantement. Prends garde à ta vanité ! Prends garde aux sables mouvants, qui ouvrent leur bouche pour toi, et qui vont t'avaler ! Regarde-toi ! Prends conscience de ta propre vanité ! Fais face à toi-même, et alors, dans cet instant, tu comprendras la force fatale de ta vanité. Apprends-la, connais-la et repens-toi avant que les sables mouvants ne t'engloutissent ! (Puis, sans plus rien dire, il retourna à son siège et resta là, immobile, dans la même attitude inexpressive qu'auparavant.)

Markam ne put que se sentir un peu affecté par cette tirade. Si elle avait été dite par une personne qui semblait un peu folle, il l'aurait attribuée à une quelconque exhibition excentrique de l'humour ou de l'impudence écossais ; mais la gravité du message était indéniable et rendait une telle interprétation impossible. Il était cependant décidé à ne pas céder au ridicule, et bien qu'il n'eût jusqu'à présent rien vu en Écosse qui lui rappelât même un kilt, il était déterminé à porter son costume des Highlands. Quand il rentra à la maison, en moins d'une demi-heure, il constata que chacun des membres de la famille, malgré ses maux de tête, était en train de faire une promenade. Il saisit l'occasion de leur absence pour s'enfermer dans sa chambre, enleva son costume des Highlands pour revêtir un costume de flanelle, puis alluma une cigarette et fit un somme.

Réveillé par la famille qui rentrait, il remit immédiatement son habit écossais et fit son apparition dans cette tenue, au salon, pour le thé. Il ne sortit plus de tout l'après-midi ; mais après le dîner – il avait bien sûr mis son costume pour dîner, comme d'habitude –, il sortit seul pour une promenade au bord de la mer. Il avait à ce moment déjà décidé qu'il lui faudrait s'habituer peu à peu à son costume des Highlands avant d'en faire son habit ordinaire. La lune était haute dans le ciel, il suivit sans difficulté le sentier à travers les dunes de sable, et bientôt arriva au bord de la mer. La marée était

---

12 Matthieu, VI, 28 : « Laissez-vous instruire par les lis des champs. Voyez comment ils croissent : ils ne travaillent ni ne filent, cependant je vous dis que Salomon lui-même, dans toute sa gloire, n'a pas été vêtu comme l'un d'eux. »

basse et la plage dure comme un rocher, aussi il marcha en direction du sud presque jusqu'à l'extrémité de la baie. Là son attention fut attirée par deux rochers isolés à quelque distance du début des dunes, et il se dirigea vers eux. Quand il atteignit le rocher le plus proche, il grimpa jusqu'à sa partie supérieure, et assis là, à une hauteur de quinze ou vingt pieds au-dessus de l'étendue de sable, il apprécia la beauté et la quiétude du paysage. La lune se levait derrière la pointe de Pennyfold, et sa lumière touchait tout juste le sommet du rocher des Éperons le plus éloigné, à quelque trois quarts de mile, le reste des rochers se trouvant dans l'ombre au fond. Quand la lune se leva au-dessus du promontoire, les rochers des Éperons et la plage à leur tour, peu à peu, furent inondés par la lumière.

...

Pendant un bon moment, M. Markam resta assis et regarda la lune qui se levait et l'étendue lumineuse qui augmentait à mesure. Puis il se tourna vers l'est, et toujours assis, le menton dans la main, regarda en direction de la mer, jouissant paisiblement de la beauté et de la sauvagerie de la scène. Le fracas de la vie londonienne – la privation de lumière, l'âpreté, la lassitude de la vie quotidienne semblait oublié à jamais, et il vivait à cette minute une vie plus libre et plus spirituelle. Il observa les eaux brillantes avancer sur l'étendue plate de sable, s'approchant insensiblement – la marée s'était inversée. Quelque temps après, il entendit une voix s'élever, sur la plage, à quelque distance.

« Des pêcheurs qui s'appellent », se dit-il à lui-même, et il regarda autour de lui. À ce moment, il reçut un choc terrible, parce que, bien qu'un nuage eût traversé la lune, il vit, malgré le noir soudain qui l'entourait, sa propre image. Pendant un instant, au sommet du rocher opposé, il put voir l'arrière chauve de la tête et le calot Glengarry muni de l'immense plume d'aigle. Reculant, son pied glissa et entraîna sa chute vers le sable entre les deux rochers. Rien de grave puisque le sable n'était qu'à quelques pieds au-dessous de lui, mais son esprit était occupé par la vision de lui-même ou de son double qui avait disparu. Comme c'était la façon la plus facile d'atteindre la terre ferme, il se prépara à sauter le reste de la hauteur. Cette décision ne demanda qu'une seconde, mais le cerveau fonctionne rapidement, et au moment de se préparer pour le saut, il vit le sable sous lui, lisse comme le marbre, commencer à trembler d'une façon curieuse. Une crainte soudaine le saisit ; ses genoux s'affaissèrent et, plutôt que de sauter, il glissa misérablement sur le rocher, écorchant ses jambes nues en tombant.

Ses pieds touchèrent le sable, le traversèrent comme de l'eau, et il était enfoncé presque jusqu'aux genoux quand il se rendit compte qu'il était dans des sables mouvants. Il s'accrocha désespérément au rocher pour ne pas s'enfoncer plus profondément ; heureusement, il y avait un éperon qui émergeait, qu'il put saisir instinctivement. Il s'y cramponna avec l'énergie du désespoir. Il voulut crier, mais aucun souffle ne sortit de ses poumons, jusqu'au moment où, après un grand effort, sa voix résonna. De nouveau il cria, et il semblait que le son de sa propre voix lui donnât un surcroît de force, parce qu'il put se cramponner au rocher plus longtemps qu'il ne le pensait possible – bien qu'il ne tînt que par un désespoir aveugle. Il commençait néanmoins à se rendre compte que sa main allait lâcher prise quand, miracle des miracles ! une voix rude juste au-dessus de lui répondit à son cri :

— Dieu soit loué, j'arrive à temps, et un pêcheur, de grosses bottes lui montant jusqu'aux cuisses, s'approcha, grimpant rapidement sur le rocher. Il reconnut tout de suite la gravité du danger et lui cria : « Tenez bon, l'homme, j'arrive ! » Il descendit vite jusqu'à ce qu'il rencontrât un endroit ferme pour poser son pied. Alors, une main fortement agrippée aux aspérités, il se baissa et, attrapant le poignet de Markam, lui cria : « Accrochez-vous à moi, l'homme ! Accrochez-vous à moi avec votre autre main ! »

Utilisant sa grande force, tirant d'un mouvement fort et continu, il hissa Markam hors des sables mouvants affamés et le plaça sain et sauf sur le sommet du rocher. Lui donnant à peine le temps de respirer, il tira et poussa Markam, ne le lâchant pas un instant sur le rocher, jusqu'au sable ferme de l'autre côté, et enfin le déposa sur la partie supérieure de la plage, encore tout tremblant de l'importance du danger.

Puis il se mit à parler :

— L'homme ! Mais je suis arrivé juste à temps ! Si je n'avais pas regardé ces braves garçons, là-bas, et commencé à courir tout de suite, vous seriez en train de vous enfoncer jusqu'aux entrailles de la terre, à présent. Wully Beagrie a cru que vous étiez un fantôme, et Tom MacPhail a juré que vous n'étiez pas autre chose qu'un lutin sur un gros champignon ! « Non ! dis-je. Ce n'est que ce fou d'Anglais, le cinglé qui s'est échappé de chez Tussaud ! » J'ai pensé que comme vous êtes étranger et bête, sinon complètement fou, vous ne connaissiez pas les dangers des sables mouvants. J'ai crié pour vous avertir, et puis j'ai couru pour vous repêcher, s'il n'était pas trop tard. Mais Dieu merci, que vous soyez fou, ou seulement à demi fou à cause de votre vanité, je ne suis pas arrivé trop tard, acheva-t-il en ôtant sa casquette avec révérence.

M. Markam fut profondément touché et le remercia de l'avoir sauvé d'une mort terrible ; mais l'accusation de vanité lancée une fois de plus contre lui était une flèche qui blessa son humilité. Il était sur le point de répondre avec colère, quand, tout à coup, un grand respect l'envahit, et lui revinrent les paroles d'avertissement du postier à demi fou : « Regarde-toi et repens-toi avant que les sables mouvants ne t'engloutissent. »

À cet instant aussi il se rappela sa propre image qu'il avait vue et le danger soudain des sables mouvants meurtriers qui avait suivi. Il demeura silencieux une bonne minute et puis dit :

— Mon brave homme, je vous dois la vie !

Le robuste pêcheur répondit avec une sorte de révérence :

— Non, non, c'est à Dieu que vous la devez, quant à moi, je ne suis que trop content d'être l'humble instrument de Sa miséricorde.

— Mais vous me permettrez de vous remercier, dit M. Markam en prenant les deux grandes mains de son sauveur dans les siennes et en les serrant fortement. Mon cœur est encore trop ému et mes nerfs sont encore trop secoués pour que je puisse vous dire grand-chose ; mais croyez-moi, je vous suis très, très reconnaissant.

Il était tout à fait évident que le pauvre homme était profondément touché, parce que des larmes coulèrent sur ses joues.

Le pêcheur dit avec une courtoisie rude mais vraie :

— Oui, monsieur ! Remerciez-moi si vous voulez, cela fera du bien à votre pauvre cœur. Et je suis en train de me dire que si j'étais à votre place, j'aimerais être reconnaissant aussi. Mais, monsieur, pour ma part, je n'ai pas besoin de remerciements. Je suis si content, moi aussi !

Qu'Arthur Fernlee Markam était reconnaissant, il le prouva un peu plus tard d'une façon pratique. Dans la semaine qui suivit, le plus beau bateau de pêche qu'on ait jamais vu dans le havre de Peterhead entra dans le port de Crooken. Entièrement équipé de voiles et de toutes sortes de gréements, il était pourvu des meilleurs filets. Son capitaine et les hommes repartirent en voiture après avoir déposé, avec la femme du pêcheur, les papiers de l'inscription maritime portant son nom.

Tandis que M. Markam et le pêcheur de saumons se promenaient ensemble le long de la mer, le premier demanda à son compagnon de ne pas mentionner le fait qu'il avait couru un danger si imminent, sinon cela ne ferait qu'affliger sa famille et ses enfants. Il dit qu'il préviendrait les siens au sujet du danger des sables mouvants et, à cette fin, il posa au pêcheur à l'instant même toutes les questions utiles jusqu'à ce qu'il sentît que les renseignements obtenus étaient complets.

Avant de le quitter, il demanda à son compagnon si par hasard il n'avait pas vu un autre homme, habillé comme lui, sur l'autre rocher, quand il était accouru pour le secourir.

— Non, non, répondit-il, il n'y a pas d'autre fou comme vous dans les environs. On n'en a pas vu de semblable depuis le temps de Jamie Fleeman – celui qui était le fou de Lord Udny. Je vous le dis, l'homme ! un habit barbare comme celui que vous portez, on n'en a pas vu ici de mémoire d'homme. Et moi je pense qu'un pareil costume n'a jamais été fait pour s'asseoir sur un rocher froid, comme vous le faisiez là-bas. L'homme ! Vous ne craignez donc pas les rhumatismes ou les lumbagos pour poser comme ça, sur les pierres froides, votre chair nue ! Je me suis dit, quand je vous ai vu ce matin près du port, que vous étiez à moitié fou, car c'est bien fou ou idiot que vous devez être pour faire une chose pareille !

M. Markam ne prit pas la peine de discuter ce point, et, comme ils étaient arrivés près de sa maison, il proposa au pêcheur de saumon de venir prendre un verre de whisky, ce qu'il accepta, puis ils se quittèrent pour la nuit. M. Markam prit soin d'avertir toute sa famille au sujet des sables mouvants, leur expliquant que lui-même avait couru un grave danger à cause d'eux.

De toute la nuit, il ne dormit point. Il entendit les heures sonner l'une après l'autre et, malgré tous ses efforts, ne parvint pas à s'endormir. Mille fois, il revit l'horrible épisode des sables mouvants, le moment où Saft Tammie rompit son habituel silence pour l'exhorter au sujet du péché de vanité et le mettre en garde. La question se posait continuellement à son esprit : « Suis-je donc si plein de vanité pour me trouver dans les rangs des fous ? », et la réponse venait toujours sous la forme des paroles du poète fou : « Vanité des vanités. Tout est vanité. Regarde-toi et repens-toi avant que les sables mouvants ne t'engloutissent. » Cependant un sentiment de fatalité commença à germer dans son esprit, il finirait tout de même par périr dans les sables mouvants parce que c'était là qu'avait déjà eu lieu sa rencontre avec lui-même.

Il sommeillait dans la grisaille du petit matin, mais il était évident qu'il poursuivait le sujet dans ses rêves parce que sa femme, le réveillant, lui dit :

— Tâche de te reposer. Ce fichu costume des Highlands t'a dérangé la tête ! Ne parle pas dans ton sommeil si tu peux t'en empêcher !

Il était vaguement conscient d'éprouver un sentiment de contentement, comme si un poids terrible avait été ôté de sa poitrine, mais il n'en savait pas la raison. Il demanda à sa femme ce qu'il avait dit dans son sommeil, et elle répondit :

— Dieu sait que tu l'as répété assez souvent pour qu'on s'en souvienne. « Pas face à face. J'ai vu la plume d'aigle sur sa tête chauve, il y a encore de l'espoir ! Pas face à face ! » Endors-toi, dors, maintenant.

Et alors il s'endormit, parce qu'il se rendit compte qu'en somme la prophétie de l'homme cinglé ne s'était pas encore réalisée. Il ne s'était pas encore trouvé face à face avec lui-même, du moins pas encore.

Il fut réveillé tôt par l'une des bonnes qui vint lui dire qu'il y avait à la porte un pêcheur qui voulait le voir. Il s'habilla aussi rapidement qu'il put – parce qu'il ne s'était pas encore habitué au costume des Highlands – et descendit en hâte, ne voulant pas faire attendre le pêcheur de saumons. Il fut surpris et pas vraiment content de constater que son visiteur n'était autre que Saft Tammie, qui tout de suite attaqua :

— Je dois aller à la poste, mais avant j'ai pensé que je pourrais perdre une heure avec toi en venant voir si tu es encore aussi fou à cause de ta vanité que la nuit passée.

Et je vois que tu n'as pas encore appris la leçon.

Mais ça ne saurait tarder, c'est tout comme ! J'ai tout le temps, le matin devant moi, aussi je repasserai pour voir comment tu t'y prends pour aller aux sables mouvants, et puis au diable ! Maintenant, je pars pour mon travail !

Et il partit, plantant là Markam, passablement vexé, parce que les bonnes qui avaient tout entendu tentaient vainement de retenir leurs rires. Il avait plus ou moins décidé ce jour-là de porter ses vêtements ordinaires, mais la visite de Saft Tammie modifia sa décision. Il prouverait à tout le monde qu'il n'était pas un couard, et il continuerait comme il avait fait, arrive ce qui doit arriver !

Quand il se présenta dans sa tenue martiale au complet pour le petit déjeuner, les enfants, jusqu'au dernier, baissèrent la tête, et la partie arrière de leur cou devint bien rouge. Toutefois, comme personne ne rit – sauf le plus jeune, Titus, qui fut saisi d'un étouffement hystérique et qui fut promptement chassé de la pièce –,

Markam ne put les réprimander, mais commença à casser son œuf d'un air sévère et déterminé. Malheureusement, quand sa femme lui tendit une tasse de thé, l'un des boutons de son costume des Highlands s'accrocha aux dentelles du déshabillé, si bien que le thé brûlant se répandit sur ses genoux nus. Il lâcha naturellement un gros mot, et là-dessus sa femme, quelque peu piquée, explosa :

— Eh bien, Arthur, si tu continues à faire l'idiot, avec ce ridicule costume, que peux-tu attendre qu'il arrive d'autre ? Tu n'en as pas l'habitude et tu ne l'auras jamais.

Il voulut répondre par un discours indigné : « Madame !… » mais il n'alla pas plus loin, parce que maintenant que le sujet était abordé Mme Markam avait l'intention de dire tout ce qu'elle avait à dire. Ce qu'elle avait à dire n'était pas plaisant, et ne fut pas dit d'une manière plaisante. Les façons d'une femme sont rarement plaisantes quand elle entreprend de dire ce qu'elle considère être des « vérités » à son mari. Le résultat fut qu'Arthur Fernlee Markam décida sur-le-champ que, pendant son séjour en Écosse, il ne mettrait pas d'autre costume que celui que son épouse critiquait. Comme c'est souvent le cas avec les femmes, celle-ci eut le dernier mot, prononcé dans cette circonstance avec des larmes :

— Très bien, Arthur ! Bien sûr, tu feras comme tu veux ! Ridiculise-moi autant que tu peux, et gâche les chances de mariage de nos pauvres filles ! D'une façon générale, les jeunes hommes ne semblent pas beaucoup apprécier d'avoir un idiot comme beau-père ! Mais je te préviens que ta vanité, un jour, finira par te porter un rude choc, si, bien sûr, avant, tu n'es pas dans un asile de fous, ou mort !

Après quelques jours, il devint évident que M. Markam serait obligé de prendre la plus grande partie de son exercice au-dehors tout seul. Les filles, de temps en temps, firent une promenade avec lui, mais le plus souvent tôt le matin, ou tard le soir, ou bien lors d'une journée pluvieuse, quand il n'y avait personne. Elles prétendaient être prêtes à tout moment pour partir, mais, chose étrange, il semblait toujours arriver quelque chose pour les en empêcher. On ne trouva jamais les garçons pour des sorties ; quant à Mme Markam, elle refusait sévèrement de sortir avec lui sous quelque prétexte que ce fût, aussi longtemps qu'il continuerait à se rendre ridicule.

Le dimanche, il revêtit son costume de ville habituel, parce qu'il pensait avec raison que l'église n'était pas un endroit où pourraient s'exprimer des sentiments de colère ; mais le lundi matin, il remit son habit des Highlands. Les choses en étaient arrivées à ce point où il aurait beaucoup donné pour ne jamais avoir eu l'idée de ce costume, mais son obstination britannique était grande, et il ne céderait pas. Saft Tammie passait à la maison chaque matin et, ne pouvant le voir ni lui faire remettre un message, il avait l'habitude de revenir l'après-midi, quand le sac de courrier avait été livré, et attendait sa sortie. Chaque fois, il ne manquait jamais de mettre Markam en garde contre sa vanité, utilisant les mêmes paroles que la première fois. Après quelques jours, M. Markam en était arrivé à le considérer presque comme une sorte de châtiment.

Au bout d'une semaine, la relative solitude, obligatoire, le chagrin constant et la réflexion morose continuelle que tout cela avait engendrés commencèrent à rendre M. Markam bien malade. Il était trop fier pour se confier à sa famille, puisqu'ils l'avaient, de son point de vue, très mal traité. De plus, il ne dormait pas bien la nuit, et quand il dormait, il faisait constamment de mauvais rêves. Simplement, pour s'assurer que son courage ne le lâchait pas, il prit l'habitude de visiter les sables mouvants au moins une fois par jour ; il était rare qu'il omît d'y aller le soir avant de se coucher, dernière chose qu'il faisait la nuit. L'habitude d'y aller tous les soirs était peut-être due au fait que l'expérience terrible des sables mouvants revenait toujours dans ses rêves. Cela devenait de plus en plus obsédant, au point que parfois, en se réveillant, il pouvait à peine croire qu'il n'avait pas été réellement là-bas, en train de visiter l'endroit fatal.

Quelquefois, il pensait que, peut-être, il marchait dans son sommeil.

Une nuit, son rêve fut si vivace qu'à son réveil il douta qu'il n'eût fait que rêver. Il ferma les yeux, les rouvrit, les referma, mais chaque fois la vision – si c'était une vision – ou la réalité – si c'était la réalité – se montrait devant lui. La lune brillait pleine et jaune sur les sables mouvants tandis qu'il s'approchait ; il pouvait voir l'étendue de lumière vacillante perturbée et pleine d'ombre noire lorsque le sable liquide frissonnait, tremblait, se ridait et remuait, comme il avait l'habitude de le faire entre ses pauses d'un calme marmoréen. Quand il arriva tout près de l'endroit, quelqu'un s'approcha du côté opposé, avec des pas égaux. Il vit que c'était lui, son double, et avec une sorte de terreur silencieuse, poussé par une force qu'il ne connaissait pas, il avança, charmé comme l'oiseau par le serpent, mesmérisé ou hypnotisé, pour rencontrer cet autre lui-même. Au moment de sentir le sable céder et se refermer sur lui, il se réveilla, presque à l'article de la mort et tremblant de peur, et, chose curieuse, la prophétie du simple d'esprit sembla résonner à ses oreilles : « Vanité des vanités ! Tout est vanité. Regarde-toi et repens-toi avant que les sables mouvants ne t'engloutissent ! »

Il était si convaincu que tout cela n'était pas un rêve qu'il se leva, bien qu'il fût tôt encore, s'habilla sans déranger sa femme et prit le chemin du bord de mer. Son cœur battit à tout rompre quand il croisa une série d'empreintes de pas sur le sable, que tout de suite il reconnut comme les siennes. Il y avait le même talon large, le même bout carré ; il ne doutait plus maintenant qu'il fût vraiment venu, et, à moitié horrifié, à moitié dans un état de stupeur rêveuse, il suivit les empreintes et les vit se perdre au bord des sables mouvants.

Il eut un choc terrible en voyant qu'il n'y avait aucune empreinte imprimée dans le sable, dans l'autre sens, et il sentit qu'il existait quelque mystère terrible qu'il ne pouvait pas pénétrer et dont l'explication, il le savait bien, serait sa perte.

Devant cet état de choses, il prit deux mauvaises décisions. D'abord il garda ses craintes pour lui, et comme personne dans sa famille ne soupçonnait quoi que ce soit, chaque mot ou chaque expression qu'ils utilisaient dans la conversation alimentait le feu dévorant de son imagination. Ensuite, il commença à lire des ouvrages prétendant traiter des mystères du rêve et des phénomènes psychiques en général, ce qui eut pour résultat que toute idée insensée d'un quelconque auteur original ou d'un philosophe à moitié fou devint un germe vivant de trouble dans la terre fertilisée de son cerveau dérangé. Négative aussi bien que positive, toute chose produisait le même effet. L'une des causes du désordre de son esprit, et non la moindre, était Saft Tammie, qui maintenant, à certaines heures de la journée, semblait faire partie intégrante de la barrière devant la maison. Quelque temps après, pour connaître le passé de cet individu, Markam fit son enquête qui donna le résultat suivant :

On croyait généralement que Saft Tammie était le fils d'un lord d'un des comtés des environs. Il avait d'abord reçu une éducation religieuse dans le but de devenir pasteur, mais pour une raison que tout le monde ignorait, il abandonna cette voie et, après s'être rendu à Peterhead – c'était l'époque prospère de la chasse à la baleine –, se fit engager comme équipier sur un baleinier. Cela dura quelques années, mais comme il devenait de plus en plus taciturne, finalement, un jour, ses compagnons de bord le mirent en quarantaine, si bien qu'il trouva un autre emploi sur un bateau de pêche, dans une flottille du nord du pays.

Il travailla là-bas pendant des années, mais il avait toujours cette réputation d'être « un tout petit peu bizarre », puis il finit par s'installer à Crooken, où le lord, connaissant quelque peu son passé familial, lui procura un emploi qui, à peu de chose près, fit de lui un pensionné. Le pasteur qui venait de donner ces renseignements conclut ainsi :

— C'est très étrange, mais cet homme semble posséder un don singulier. S'agit-il d'un don de seconde vue, auquel le peuple écossais est si prompt à adhérer, ou de quelque autre forme occulte de connaissance, je ne saurais dire, mais il n'arrive jamais un désastre ici qu'aussitôt ceux qui le connaissent ne soient en mesure de citer, après l'événement, les remarques par lesquelles il l'avait prédit. Il devient inquiet ou excité – en fait, il se réveille – quand la mort est dans l'air.

Ces révélations ne diminuèrent en rien les préoccupations de M. Markam, au contraire, elles semblèrent imprimer plus profondément le contenu de la prophétie dans son esprit. De tous les livres qu'il avait lus sur son nouveau sujet d'étude, aucun ne l'intéressait autant qu'un livre allemand, Der Doppelgänger[13] du docteur Heinrich von Aschenberg, qui avait vécu jadis à Bonn. Dans ce livre, il apprit pour la première fois qu'il y avait des cas où des hommes avaient mené une existence double – chaque personne étant complètement séparée de l'autre –, le corps et l'esprit formant toujours un tout, et un tout qui était le double de l'autre. Il va sans dire que M. Markam se rendit compte que cette théorie convenait exactement à son cas.

La vision qu'il avait eue de son propre dos la nuit de son escapade aux sables mouvants – ses propres empreintes qui disparaissaient dans les sables mouvants, sans trace de pas visible au retour –, la prophétie de Saft Tammie sur sa rencontre avec lui-même et son dépérissement dans les sables mouvants, tout cela augmentait sa conviction qu'il réalisait dans sa propre personne une instance du Doppelgänger. Étant ainsi conscient d'une vie double, il prit des mesures pour s'en prouver l'existence, à sa propre satisfaction. Pour ce faire, un soir, avant d'aller se coucher, il marqua son nom à la craie sur les semelles de ses chaussures. Cette nuit, il rêva des sables mouvants et de sa visite là-bas, rêva si clairement qu'en se réveillant dans l'aube grise il ne put croire qu'il n'avait pas été là-bas. Se levant sans déranger sa femme, il chercha ses chaussures.

Les marques à la craie étaient intactes ! Il s'habilla et sortit sans bruit. Cette fois, la marée était haute, aussi il traversa les dunes et atteignit le rivage de l'autre côté des sables mouvants. Et là, comble d'horreur, il vit ses propres empreintes qui disparaissaient dans les abysses !

Ce fut un homme désespérément triste qui rentra à la maison. Il

---

13 Le Double. Rappelons qu'Otto Rank est l'auteur d'une étude portant ce titre, parue dans Imago III en 1914, traduite en français chez Denoël et Steele en 1932. (N.d.T.)

semblait incroyable qu'un marchand âgé comme lui, qui avait passé une longue vie tranquille dans la poursuite de ses affaires au milieu d'un Londres bruyant et commerçant, pût un jour se trouver ainsi mêlé au mystère et à l'horreur, et qu'il découvrît qu'il avait deux existences. Il ne pouvait pas parler de son trouble, même à sa propre femme, parce qu'il savait très bien qu'elle commencerait tout de suite à exiger les plus grands détails sur cette autre vie – celle qu'elle ne connaissait pas ; dès le début, non seulement elle supposerait mais elle l'accuserait aussi de toutes sortes d'infidélités dans cette autre vie.

Ainsi, sa réflexion morose devenait de plus en plus profonde. Un soir, la marée descendait – la mer se retirait et la lune était pleine –, il était assis en attendant le dîner quand la bonne annonça que Saft Tammie faisait du tapage dehors parce qu'on ne lui permettait pas d'entrer pour voir Markam. Markam en fut indigné, mais il ne voulut pas que la bonne pensât qu'il le craignait, aussi il lui dit de le faire entrer. Tammie entra, marchant plus vivement que jamais, la tête haute, et un air décidé dans ses yeux qu'il tenait habituellement baissés. Aussitôt entré, il s'exclama :

— Encore une fois je viens te voir, une fois de plus ; et te voilà assis, immobile comme un cacatoès sur un perchoir. Eh bien, l'homme ! Je te pardonne ! Tu entends ! Je te pardonne ! (Et sans plus dire un mot, il se retourna et sortit de la maison, laissant le maître ébahi d'indignation.)

Après le dîner, il décida de rendre une nouvelle fois visite aux sables mouvants – il ne voulait même pas admettre lui-même qu'il avait peur d'y aller. Ainsi, vers neuf heures, habillé de pied en cap, il se rendit à pied à la plage et, traversant les sables, s'assit sur le bord du rocher le plus proche. La lune pleine était derrière lui, et ses rayons allumaient la baie de façon que ses franges d'écume, les contours sombres du promontoire et les pieux des filets à saumons semblaient accentuer leur relief. Dans l'éclat de la lumière brillante et jaune, les fenêtres éclairées du port de Crooken et plus loin le château du lord tremblaient comme les étoiles dans le ciel. Pendant longtemps, il resta assis et s'abreuva de la scène, et il lui sembla que son âme ressentait une sorte de paix qu'il n'avait pas connue depuis longtemps.

Toute la petitesse, l'ennui, la crainte et le ridicule des semaines passées semblaient effacés, et un calme nouveau et salubre s'empara de lui. Dans cette humeur douce et solennelle, il repensa calmement à ce qu'il avait fait dernièrement et eut honte de lui, de sa vanité et de l'obstination qui l'avait suivie. Et à ce moment même, il décida que cette fois était la dernière, qu'il ne mettrait plus le costume qui l'avait séparé de ceux qu'il aimait et qui lui avait causé tant d'heures et de jours de chagrin, de vexations et de peine.

Mais alors qu'il avait presque pris cette décision, une deuxième voix sembla aussi parler en lui, et lui demanda s'il aurait jamais l'occasion de porter à nouveau son costume – maintenant il était trop tard, il avait choisi son chemin, et il devait attendre le résultat.

« Il n'est pas trop tard », l'autre partie de lui-même, la meilleure, élevait la voix ; alors, plein de cette pensée, il se leva pour regagner la maison et ôter immédiatement ce costume devenu haïssable. Il s'arrêta pour jeter un dernier regard sur cette belle scène. La lumière était toujours pâle et douce, adoucissant chaque contour de rocher, d'arbre et de toit, enveloppant les ombres d'un velours noir, et allumant comme avec une flamme pâle la marée montante qui, maintenant, avançait sa frange à travers l'étendue plate de sable. Alors il quitta le rocher et s'élança vers le rivage.

Mais, tandis qu'il s'élançait, un effroyable spasme d'horreur le secoua, et, pendant un instant, le sang qui montait à sa tête bloqua toute la lumière de la pleine lune. Une fois de plus, il vit son image fatale qui se déplaçait au-delà des sables mouvants, du rocher opposé vers le rivage.

Le choc fut d'autant plus grand, par contraste avec l'enchantement paisible dont il venait de jouir ; et les sens à demi paralysés, il resta là et regarda la vision fatale et les sables mouvants, festonnés et rampants, qui semblaient se tordre et désirer quelque chose qui se situait entre eux et lui. On ne pouvait pas se tromper cette fois, parce que, bien que la lune jetât son ombre sur le visage, on pouvait voir les joues rasées comme les siennes, et la moustache petite et broussailleuse qui poussait depuis quelques semaines. La lumière éclairait le tartan brillant et la plume d'aigle. Même l'espace chauve sur l'un des côtés du calot luisait comme faisaient la broche sur l'épaule et le dessus des boutons d'argent. Tandis qu'il regardait, il sentit ses pieds qui s'enfonçaient un peu parce qu'il était encore proche de la limite des sables mouvants, et il recula. Quand il le fit, l'autre figure s'avança de façon que l'espace entre eux fût conservé.

Ils restèrent ainsi tous les deux, face à face, comme sous l'effet d'une étrange fascination ; et dans le bruissement du sang qui courait dans son cerveau, Markam semblait entendre les paroles de la prophétie : « Regarde-toi et repens-toi avant que les sables mouvants ne t'engloutissent. »

En effet, il était là, face à face avec lui-même, il s'était repenti et maintenant il s'enfonçait dans les sables mouvants ! L'avertissement et la prophétie se réalisaient !

Au-dessus de lui, les mouettes criaient, volant autour de la frange de la marée montante, et ce cri, qui était bien humain, le rappela à lui-même. Immédiatement, il recula de plusieurs pas rapides, parce que, jusqu'à présent, ses pieds seuls étaient enfoncés dans le sable mou.

Quand il le fit, l'autre figure s'avança et, pénétrant à l'intérieur de l'étreinte mortelle des sables mouvants, commença à s'enfoncer. Il sembla à Markam que c'était lui qu'il regardait descendre à sa perte, et, à l'instant, son âme angoissée s'exprima dans un cri terrible ! Au même moment, un cri terrible s'échappa de l'autre figure, et quand Markam leva brusquement les mains, l'autre fit de même. Les yeux remplis d'horreur, il se voyait s'enliser plus profondément ; et alors, poussé par il ne savait quelle force, il s'avança de nouveau vers les sables pour rencontrer son destin. Mais au moment où son pied avant commençait à s'enfoncer, il entendit de nouveau les mouettes qui semblaient lui restituer ses facultés engourdies. En un effort surhumain, il retira son pied des sables qui paraissaient le saisir, laissant sa chaussure arrière enfouie, et, tout à fait terrorisé, il fit demi-tour. Il quitta l'endroit en courant, ne s'arrêtant que lorsque sa respiration et ses forces lui manquèrent, puis tomba à moitié évanoui sur le sentier herbeux qui serpentait entre les collines de sable.

Arthur Markam décida de ne rien dire à sa famille de sa terrible aventure, tout au moins jusqu'à ce qu'il ait retrouvé le contrôle complet de lui-même. Maintenant que le double fatal – son autre moi – avait été englouti dans les sables mouvants, il retrouvait un peu de sa tranquillité d'esprit d'autrefois.

La nuit, il dormit profondément et ne rêva point ; et le matin, il fut tout à fait celui qu'il était jadis. Il lui semblait réellement que cette récente partie de lui-même, la pire, avait disparu à jamais. Et, chose assez étrange, Saft Tammie fut absent ce matin de son poste, et n'apparut plus jamais, mais il resta à sa place habituelle, regardant comme jadis devant lui d'un œil vide.

Comme il l'avait décidé, M. Markam ne porta plus son costume des Highlands. Un soir, il l'enveloppa et en fit un paquet, avec l'épée, le poignard, la dague et le reste, et, le prenant secrètement avec lui, il le jeta dans les sables mouvants. Avec un sentiment de plaisir intense, il le vit aspirer par les sables qui se refermèrent sur lui en formant une surface lisse comme le marbre. Puis il s'en retourna à la maison et annonça, de bonne humeur, à sa famille assemblée pour la prière du soir :

— Eh bien, mes chéris ! Vous serez contents d'apprendre que j'ai abandonné l'idée de porter mon costume des Highlands. Je me rends compte maintenant à quel point j'étais un vieux sot vaniteux, et combien je me suis rendu ridicule ! Vous ne le verrez plus jamais !

— Où est-il, père ? demanda l'une de ses filles, afin que l'annonce d'un tel sacrifice que venait de faire son père ne tombât pas dans un silence absolu.

La réponse vint si doucement que la fillette se leva de son siège et vint lui embrasser la joue. Le père dit :

— Dans les sables mouvants, ma chérie ! Et j'espère que cette partie de moi-même, la pire, est enterrée là, avec, pour toujours.

Toute la famille passa le reste de l'été à Crooken avec délices, et, lors de son retour à la ville, M. Markam avait presque tout oublié de l'incident des sables mouvants et tout ce qui le concernait, quand un jour il reçut une lettre, envoyée par MacCallum More, qui le fit beaucoup réfléchir, bien qu'il n'en dît rien à sa famille, et qu'il laissa, pour certaines raisons, sans réponse. Elle était ainsi rédigée :

Établissements MacCallum More et Roderick MacDhu

Tartans écossais cent pour cent laine,

Copthall Court, E. C.

30 septembre 1892

Cher Monsieur,

J'espère que vous pardonnerez la liberté avec laquelle je vous écris, mais je suis en train de faire une enquête, et on m'informe que vous venez de séjourner cet été dans l'Aberdeenshire (Écosse, N. B.). Mon associé, M. Roderick MacDhu – ce nom paraît pour des raisons professionnelles sur nos en-têtes et dans nos publicités, son nom véritable étant Emmanuel Moses Marks, de Londres –, est parti, au début du mois dernier, pour l'Écosse (N. B.), en voyage, mais comme je n'ai aucune nouvelle de lui depuis, sauf une lettre envoyée peu de temps après son départ, je m'inquiète à l'idée qu'un accident aurait pu lui arriver. Comme je n'ai pu, après toutes les enquêtes que j'ai pu faire, obtenir le moindre renseignement sur lui, je me hasarde à vous écrire. Il m'a écrit sa lettre dans un moment de dépression profonde, et il m'a précisé qu'il craignait qu'on ne le jugeât mal, parce qu'un jour, alors qu'il s'était habillé comme un Écossais en terre écossaise, une nuit de clair de lune, peu de temps après son arrivée, il avait vu apparaître « un fantôme », qui était son double. Évidemment, il faisait allusion au fait qu'avant son départ il s'était procuré un costume des Highlands semblable à celui que nous avons eu l'honneur de vous fournir, et qui, vous vous le rappelez peut-être, l'avait beaucoup frappé. Cependant, il est possible qu'il ne l'ait jamais porté, car il hésitait, m'avait-il dit, à le mettre, et il était même allé jusqu'à me dire que, dans les premiers temps, il n'oserait s'en vêtir que tard le soir, ou très tôt le matin, et encore seulement dans des lieux très éloignés, jusqu'au jour où il en aurait l'habitude.

Il ne m'a pas malheureusement confié son itinéraire, et je suis donc dans l'ignorance totale du lieu où il pourrait se trouver ; c'est pourquoi j'ose vous demander si vous auriez pu voir ou entendre parler d'un costume des Highlands semblable au vôtre, quelque part dans les environs, où, m'a-t-on dit, vous avez récemment acheté la maison que vous aviez temporairement occupée. Je n'attendrai aucune réponse à cette lettre si vous ne pouvez me donner des renseignements sur mon ami et associé, et je vous prie de ne pas vous déranger pour m'écrire, sauf si vous avez une raison. Ce qui me fait penser qu'il aurait pu se trouver dans votre voisinage, c'est que, bien que sa lettre ne fût pas datée, l'enveloppe était timbrée à Yellon, que j'ai trouvé sur une carte dans le comté d'Aberdeenshire, et qui est non loin des Maisons-de-Crooken.

J'ai l'honneur d'être, cher Monsieur, très respectueusement vôtre,
Joshua Sheeny Cohen Benjamin
(Établissements MacCallum More).

Le secret de l'or qui croît

Quand Margaret Delandre vint s'installer à Brent's Rock, tout le voisinage se réveilla, réjoui par la perspective d'un nouveau scandale. Les scandales provoqués par la famille Delandre, ou par les Brent de Brent's Rock, n'étaient pas rares ; et si l'histoire secrète du comté avait été entièrement écrite, on aurait trouvé les deux noms bien représentés. Il est vrai que les positions des deux familles étaient si différentes que celles-ci auraient pu appartenir à des continents différents – parce que jusqu'alors leurs orbites ne s'étaient jamais croisées. Les Brent s'étaient vu reconnaître par toute cette partie du comté une position sociale dominante particulière et ils s'étaient toujours maintenus au-dessus de la classe de petits propriétaires terriens à laquelle appartenait Margaret Delandre – comme un hidalgo d'Espagne se tient au-dessus de ses fermiers.

L'arbre généalogique des Delandre remontait haut, et ils en étaient aussi fiers à leur façon que les Brent l'étaient du leur. Mais la famille ne s'était jamais élevée au-dessus du rang de petits propriétaires ; et, bien qu'ils aient été prospères à une certaine époque, au bon vieux temps des guerres étrangères et du protectionnisme, leur fortune avait fondu sous le soleil écrasant du libre-échange et dans « les temps de paix mélodieux ». Comme avaient coutume de dire leurs membres les plus âgés, ils s'étaient « tenus à leurs terres » avec pour résultat qu'ils avaient pris racine corps et âme. En fait, ayant choisi une vie « de légumes », ils s'étaient épanouis comme le fait la végétation – avaient crû et prospéré à la bonne saison, et souffert à la mauvaise. Leurs terres, Dander's Croft, semblaient être épuisées, typiques de la famille qui les avait habitées.

Cette famille avait décliné de génération en génération, faisant pousser de temps en temps quelques rejetons qui avortaient sous la forme d'un soldat ou d'un marin, et qui avaient gagné avec difficulté des grades subalternes au service armé, et s'étaient arrêtés là, le courage brisé net dans l'action, ou bien sous l'effet de cette cause destructrice particulière aux hommes sans naissance ou sans éducation – la conscience d'une position supérieure à la leur et à laquelle ils n'étaient pas en mesure d'accéder. Ainsi, peu à peu, la famille déclinait, les hommes devenant sombres et insatisfaits, creusant leurs tombes avec la bouteille, les femmes s'usant dans des tâches ménagères, ou bien faisant des mésalliances- ou pire encore. À la longue, tous avaient disparu, il ne restait plus à Croft que Wykham Delandre et sa sœur Margaret. L'homme et la femme, respectivement, semblaient avoir hérité, sous les aspects masculin et féminin, des mauvaises tendances de leur race, partageant en commun – bien que les manifestant de diverses façons – une même passion sourde pour la volupté et l'insouciance.

L'histoire de la famille Brent avait été quelque chose de semblable, mais les causes de la décadence se montraient sous une forme aristocratique plutôt que plébéienne. Eux aussi avaient envoyé leurs rejetons aux guerres ; mais leur position avait été différente, et ils avaient souvent mérité des distinctions parce que, sans exception, ils avaient été courageux, et leurs exploits guerriers avaient été accomplis avant que l'égoïsme de la nature dissipée qui les caractérisait ait miné leur vigueur.

Le chef actuel de la famille – si l'on peut parler de famille alors qu'il ne restait qu'un héritier en ligne directe – était Geoffrey Brent.

Il était presque le représentant typique d'une fin de race, faisant preuve dans certains cas des qualités les plus brillantes, dans d'autres de la dégradation la plus totale. On pourrait le comparer avec équité à l'un de ces nobles italiens de l'Antiquité que les peintres nous ont conservés et dont le courage, l'absence de scrupules, le raffinement dans la luxure et la cruauté en font des voluptueux véritables et des démons potentiels. Il était certainement beau, de cette beauté sombre, racée, autoritaire, que les femmes, en général, reconnaissent comme dominatrice. Avec les hommes, il était distant et froid ; mais un tel comportement ne dissuade jamais la gent féminine. Les lois insondables du beau sexe sont telles qu'une femme timide ne craint pas un homme féroce et hautain. Ainsi s'explique qu'il n'y eût pas une femme, ou presque, quelle qu'en soit la condition et vivant aux alentours de Brent's Rock, qui ne nourrît une sorte d'admiration secrète pour ce beau libertin. Cette catégorie était large parce que Brent's Rock s'élevait abruptement au milieu d'une région plate et sur une étendue de cent miles se perdant à l'horizon, ses hautes et vieilles tours, ses toits pointus coupant la ligne uniforme du bois et du village, et des manoirs éparpillés au loin.

Aussi longtemps que Geoffrey Brent réservait ses dissipations à Londres, Paris et Vienne, loin de tout regard et de la rumeur de sa maison, l'opinion se faisait silencieuse. Il est facile d'écouter des échos lointains sans être ému, et on peut les traiter avec incrédulité ou encore avec mépris ou dédain – ou par n'importe quelle attitude de froideur. Mais quand le scandale se rapprocha, ce fut une autre affaire ; et les sentiments d'indépendance et d'intégrité qu'on trouve au sein de toute communauté qui n'est pas entièrement gâtée s'affirmèrent et exigèrent que s'exprimât une condamnation.

Encore existait-il une certaine réticence en chacun, et on ne prenait pas note des faits existants plus qu'il ne fut absolument nécessaire. Margaret Delandre avait agi d'une façon si peu craintive et si ouverte – elle considérait comme justifiée sa position de compagne de Geoffrey – et d'une façon si naturelle que les gens, qui avaient fini par croire qu'elle l'avait secrètement épousé, crurent sage de tenir leur langue de peur que le temps ne lui donne raison et ne fasse aussi d'elle un adversaire sérieux.

La seule personne qui, par son immixtion, aurait pu lever le doute, fut empêchée par les circonstances de s'ingérer dans l'affaire. Wykham Delandre s'était disputé avec sa sœur – ou, peut-être était-ce elle qui s'était disputée avec lui –, et non seulement une sorte de neutralité sur la défensive, mais une haine amère nourrissait leurs rapports. La dispute avait précédé le départ de Margaret pour Brent's

Rock. Elle et Wykham s'étaient presque battus. Il y eut certainement des menaces des deux côtés ; et à la fin, Wykham, dépassé par sa fureur, avait ordonné à sa sœur de quitter la maison. Elle s'était levée immédiatement, et sans même attendre de jeter dans une valise ses affaires personnelles, elle avait franchi le portail de la maison. Sur le seuil, elle s'était arrêtée un instant pour lancer à Wykham une menace pleine d'amertume : il regretterait, dans la honte et le désespoir, jusqu'à la dernière heure de sa vie, son acte de cette journée. Quelques semaines avaient passé depuis ; on disait dans le voisinage que Margaret était allée à Londres, quand, brusquement, elle apparut se promenant en calèche avec Geoffrey Brent, et tout le monde dans les environs sut, avant la tombée de la nuit, qu'elle s'était installée à Brent's Rock.

Personne n'avait été surpris par le retour inopiné de Brent parce que telle était son habitude. Même ses propres servantes ne savaient jamais quand l'attendre, parce qu'il existait une entrée privée au château dont lui seul avait la clef, et par laquelle il entrait de temps à autre, sans que personne dans la maison sût qu'il était là. Cela lui était comme une sorte d'habitude de paraître après une longue absence.

Wykham Delandre était furieux de ces nouvelles. Il jura de se venger et, pour entretenir dans son esprit la violence de sa fureur, but plus que jamais. Il chercha plusieurs fois à voir sa sœur, mais elle refusait avec mépris de le rencontrer. Il tenta d'avoir un entretien avec Brent qui lui fut refusé, lui aussi. Puis il essaya d'intercepter Brent sur la route, mais sans succès, parce que Geoffrey n'était pas homme à être arrêté contre sa volonté. Les deux hommes se croisèrent plusieurs fois effectivement, et beaucoup d'autres rencontres faillirent avoir lieu et furent évitées. À la longue, Wykham Delandre s'installa dans une acceptation morose et vengeresse de la situation.

Ni Margaret ni Geoffrey n'étaient d'un tempérament pacifique, et très vite des querelles éclatèrent entre eux. Un prétexte pouvait en entraîner un autre et le vin coulait à flots à Brent's Rock. De temps à autre, les disputes s'envenimaient et des menaces s'échangeaient dans un langage qui laissait pantois les serviteurs. Mais de telles querelles, d'habitude, prenaient fin, comme toutes les altercations domestiques, dans la réconciliation et le respect réciproque de l'énergie mise en œuvre eu égard à leur importance. Se battre pour se battre est considéré en soi dans certaines classes de la société, dans le monde entier, comme étant d'un intérêt absorbant, et il n'y a pas de raison de penser que les conditions domestiques en réduisent l'intensité.

Geoffrey et Margaret s'absentaient de temps à autre de Brent's Rock, et à chacune de ces absences, Wykham Delandre partait aussi. Mais en général, il apprenait ces absences trop tardivement pour que ce fût utile, et rentrait à la maison chaque fois dans un état d'esprit plus sombre, et plus mécontent que la fois précédente.

Enfin, arriva un jour où Brent's Rock fut déserté plus longuement que par le passé. Peu de jours avant ce départ, une querelle avait éclaté, qui avait surpassé en violence toutes celles qui l'avaient précédée ; mais cette fois encore, elle avait été suivie d'une réconciliation, et un voyage sur le continent fut mentionné devant les domestiques. Quelques jours après, Wykham Delandre partit lui aussi et ne revint qu'après quelques semaines. On observa qu'il faisait montre d'une assurance nouvelle ; satisfaction, exaltation – c'était difficile à dire. Il se rendit immédiatement à Brent's Rock, exigea de voir Geoffrey Brent, et, apprenant que celui-ci n'était pas encore de retour, déclara d'un ton sévère que les serviteurs remarquèrent :

— Je reviendrai. Mes nouvelles sont sûres, elles peuvent attendre !

Et il s'éloigna. Les semaines passèrent, puis les mois, puis la rumeur se répandit, certifiée plus tard, qu'un accident s'était produit dans la vallée de Zermatt. En traversant une passe dangereuse, la voiture où se trouvaient une dame anglaise et le cocher était tombée dans un précipice, le gentleman du groupe, M. Geoffrey Brent, ayant heureusement été sauvé parce qu'il suivait la route à pied pour soulager les chevaux. Il donna des renseignements et des recherches furent entreprises. La glissière cassée, la route détériorée, les traces des chevaux qui avaient lutté sur le bord avant de tomber finalement dans le précipice du torrent, tout confirma la triste nouvelle.

C'était une saison humide et il y avait eu beaucoup de neige cet hiver-là, si bien que la rivière avait débordé bien au-dessus de son volume habituel, et les tourbillons du courant étaient encombrés de blocs de glace. Toutes les recherches faisables furent entreprises, et finalement l'épave de la voiture et le corps d'un cheval furent trouvés dans les tourbillons de la rivière. Plus tard, le corps du cocher fut retrouvé sur une plage sablonneuse que le courant avait lavée, près de Tasch ; mais le corps de la dame comme celui de l'autre cheval avaient disparu et sans doute tournaient – du moins ce qui en restait à ce moment-là – dans les tourbillons du Rhône, qui se fraie son chemin jusqu'au lac de Genève.

Wykham Delandre fit toutes les enquêtes possibles, mais ne put trouver aucune trace de la femme. Il trouva néanmoins dans les registres de divers hôtels le nom de

« M. et Mme Geoffrey Brent ». Et il fit ériger une stèle, à Zermatt, à la mémoire de sa sœur, sous son nom d'épouse, et fit poser un ex-voto sur l'un des murs de l'église de Brette, paroisse où Brent's Rock et Dander's Croft étaient situés.

Presque une année s'était écoulée après que les remous de l'affaire s'étaient émoussés, et dans le voisinage on avait repris ses habitudes. Brent était de nouveau absent, et Delandre plus ivre, plus morose et plus vindicatif que jamais.

Puis il y eut une nouvelle émotion. On arrangeait Brent's Rock pour une nouvelle châtelaine. Cela fut annoncé officiellement par Geoffrey lui-même dans une lettre au curé : il avait épousé, il y avait quelques mois, une dame italienne, et ils étaient en ce moment sur le chemin du retour.

Puis une armée d'artisans envahit la maison ; on entendit le bruit d'un marteau et d'un rabot, une odeur de colle et de peinture se répandit dans l'air. Une aile de la vieille maison, l'aile sud, fut entièrement refaite, puis toute l'équipe des ouvriers repartit, ne laissant que les matériaux nécessaires à la décoration du vieux hall qui serait faite quand Geoffrey Brent serait de retour, parce qu'il avait ordonné qu'elle soit faite sous son contrôle. Il avait rapporté avec lui des dessins précis du hall de la maison du père de son épouse, dans l'intention de reproduire pour elle l'endroit auquel elle était habituée. Comme toutes les moulures devaient être refaites, quelques échafaudages et planches furent posés et rangés sur un des côtés du grand hall, ainsi qu'un énorme baquet de bois destiné à mélanger la chaux que contenaient les sacs posés à proximité.

Quand arriva la nouvelle châtelaine de Brent's Rock, les cloches de l'église sonnèrent à toute volée et il y eut une jubilation générale ; c'était une belle créature, pleine de la poésie, du feu et de la passion du Sud ; et les quelques mots anglais qu'elle avait appris étaient dits d'une manière si fautive, mais si douce et jolie, qu'elle gagna les cœurs des gens presque autant par la musique de sa voix que par la beauté limpide de ses yeux sombres.

Geoffrey semblait plus heureux qu'il n'avait paru jusqu'à présent ; mais son visage avait pris une expression sombre et anxieuse, inconnue jusqu'à présent de ses familiers, et il lui arrivait de sursauter par moments à cause de bruits que lui seul entendait.

...

Ainsi les mois passèrent et la rumeur courait qu'enfin Brent's Rock aurait un héritier. Geoffrey était très tendre avec sa femme et le nouveau lien qui les unissait semblait l'adoucir. Il prit un intérêt plus vif à la vie des fermiers et à leurs besoins, comme jamais auparavant ; et il ne manquait pas de faire montre d'actes charitables, comme sa jeune et douce femme. Il semblait avoir mis tous ses espoirs dans l'enfant qui arrivait, et, regardant plus loin l'avenir, l'ombre noire qui couvrait son visage semblait lentement se dissiper.

Pendant tout ce temps, Wykham Delandre méditait sa vengeance. Un désir de revanche avait germé au fond de son cœur, qui n'attendait que l'occasion de se cristalliser et de prendre une forme définitive. Son idée vague était dirigée, d'une façon ou d'une autre, contre la femme de Brent, parce qu'il savait qu'il pourrait le frapper mieux à travers l'être aimé, et le temps qui s'approchait semblait lui fournir l'occasion qu'il désirait tant. Une nuit, il était assis seul dans le salon de sa maison. Dans son genre, ç'avait été une belle pièce, mais le temps et l'abandon avaient fait leur œuvre, et maintenant elle ne valait guère plus qu'une ruine, privée de toute dignité et de tout pittoresque. Il buvait coup sur coup depuis un bon moment, et était plus qu'à moitié abruti, lorsqu'il crut entendre un bruit, comme si quelqu'un frappait à la porte, et leva la tête. Il cria presque sauvagement d'entrer, mais il n'y eut pas de réponse. Murmurant un blasphème, il se servit de nouveau. Alors il oublia tout autour de lui, sombra dans la torpeur, mais brusquement il se réveilla pour voir, debout devant lui, un être, ou une chose, qui était comme le double délabré et fantomatique de sa sœur.

Pendant quelques instants, une sorte de crainte l'envahit. La femme devant lui, avec ses traits déformés et ses yeux brûlants, semblait à peine humaine ; la seule chose qui rappelât sa sœur telle qu'elle avait été était l'abondance de ses cheveux dorés, et ceux-ci étaient maintenant striés de gris. Elle dévisageait son frère d'un long regard froid ; et lui aussi, pendant qu'il la regardait et commençait à prendre conscience de la réalité de sa présence, il sentit la haine qu'elle avait eue pour lui autrefois s'élever de nouveau dans son cœur. La furie sombre de l'année précédente sembla retrouver la même voix quand il la questionna :

— Pourquoi es-tu ici ? Tu es morte et enterrée.

— Je suis ici, Wykham Delandre, non pas par amour pour toi, mais parce que je hais un autre homme, plus encore même que je ne te hais.

Une grande colère rayonnait de ses yeux.

— Lui ? demanda-t-il dans un chuchotement si féroce que même la femme frémit un instant jusqu'à ce qu'elle retrouvât son calme.

— Oui, lui, répondit-elle, mais ne te méprends pas, c'est à moi de me venger. J'ai besoin de toi seulement pour m'aider à accomplir ma vengeance.

Wykham Delandre demanda brusquement :

— Est-ce qu'il t'a épousée ?

Le visage déformé de la femme s'élargit comme un spectre qui veut sourire. On aurait dit une sorte de moquerie hideuse, parce que les traits défaits et les cicatrices marquées de points de suture prirent d'étranges formes et d'étranges couleurs, et de bizarres lignes blanches apparurent quand les muscles tendus se pressèrent sur les vieilles cicatrices.

— Ah ! tu aimerais savoir ! Cela flatterait ta fierté de penser que ta sœur est vraiment mariée. Eh bien, tu ne le sauras pas ! C'est ma revanche sur toi, et je n'ai pas l'intention de la modifier d'un cheveu. Je suis venue ici ce soir simplement pour que tu saches que je suis vivante, pour que, si violence m'est faite là où je vais, il y ait un témoin.

— Où vas-tu ? insista son frère.

— C'est mon affaire, et je n'ai pas la moindre intention de te le faire savoir.

Wykham se leva mais, pris de boisson, il chancela ettomba. Étalé à terre, il annonça son intention de suivre sa sœur, et, dans une explosion d'humeur bilieuse, il lui dit qu'il la suivrait dans la nuit, guidé par la lumière de ses cheveux et par sa beauté. « Comme lui le fera, siffla-t-elle, parce que mes cheveux restent, bien que ma beauté soit détruite. Quand il a retiré la goupille de l'essieu, et nous a précipités dans le torrent, il ne songeait guère à ma beauté. Peut-être sa beauté aurait-elle été détruite comme la mienne s'il avait tournoyé comme moi parmi les rochers de la Visp et avait été pris entre les blocs de glace dans le courant de la rivière. Mais qu'il prenne garde ! son heure arrive ! » Et d'un geste féroce, elle ouvrit brusquement la porte et disparut dans la nuit.

Plus tard, cette même nuit, Mme Brent, qui ne dormait qu'à moitié, se réveilla brusquement et dit à son mari :

— Geoffrey, n'ai-je pas entendu le cliquetis d'un loquet, quelque part au-dessus de notre fenêtre ?

Mais Geoffrey – bien qu'elle pensât que lui aussi avait sursauté au bruit – semblait totalement endormi et respirait profondément. De nouveau, Mme Brent s'assoupit ; mais cette fois, elle se réveilla pour trouver son mari levé et en partie habillé.

Il était pâle comme la mort, et quand la lumière de la lampe qu'il tenait dans sa main tomba sur son visage, elle fut effrayée par la lueur de ses yeux.

— Qu'y a-t-il, Geoffrey ? Que fais-tu ? demanda-telle.

— Chut ! ma chérie, répondit-il d'une voix étrange et rauque. Dors. Je suis nerveux parce que je veux terminer un travail que j'ai laissé en suspens.

— Apporte-le ici, mon chéri, dit-elle ; je me sens seule, et j'ai peur quand tu n'es pas près de moi.

En guise de réponse, il se contenta de l'embrasser et partit, fermant la porte derrière lui. Elle resta éveillée un moment, puis la nature reprit ses droits et elle se rendormit.

Tout d'un coup elle sursauta, complètement réveillée, avec, dans les oreilles, le souvenir d'un cri étouffé venu d'une pièce voisine. Elle sauta du lit, courut à la porte et écouta, mais il n'y avait aucun bruit. Elle commençait à avoir peur pour son mari et cria : « Geoffrey ! »

Après quelques instants, la porte du grand hall s'ouvrit et Geoffrey apparut, mais sans sa lampe.

— Tais-toi, dit-il dans une sorte de chuchotement, et sa voix était dure et sévère. Tais-toi. Retourne au lit. Je travaille et je ne veux pas être dérangé. Dors, et ne réveille pas la maison.

Le cœur glacé, parce que la dureté de la voix de son mari lui était nouvelle, elle retrouva son lit et y demeura, tremblante, trop apeurée pour pleurer, et épia chaque bruit de la maison. Il y eut un long moment de silence, puis le bruit de quelque instrument en fer frappant des coups sourds.

Lui succéda le résonnement d'une pierre lourde qui tombait, suivi d'un juron assourdi. Puis le son de quelque objet traîné à terre, et puis de nouveau le bruit d'une pierre contre une pierre. Elle resta tout ce temps morte de peur et son cœur battait effroyablement. Elle entendit comme un curieux grattement, et ce fut le silence. Alors la porte s'ouvrit doucement et Geoffrey apparut. Sa femme fit semblant de dormir ; mais à travers ses cils, elle le vit détacher de ses mains quelque chose de blanc qui ressemblait à de la chaux.

Au matin, il ne fit aucune allusion à la nuit précédente et elle eut peur de lui poser la moindre question.

À partir de ce jour, une ombre sembla flotter sur Geoffrey Brent. Il ne mangeait ni ne dormait comme à son habitude, et sa vieille manie de se retourner soudainement, comme si quelqu'un lui adressait la parole, lui revint. Il semblait avoir une sorte de fascination pour le grand hall. Il y allait plusieurs fois dans la journée, mais s'impatientait si quelqu'un, même sa femme, y entrait. Quand le contremaître de l'entrepreneur vint pour s'enquérir de la suite des travaux, Geoffrey était parti en promenade ; l'homme entra dans le hall, et, quand Geoffrey revint, le domestique l'avertit de la présence de l'homme et lui dit où le trouver. Avec un juron effroyable, Geoffrey écarta le domestique et se précipita dans le vieux hall. L'ouvrier le rencontra presque à la porte ; comme Geoffrey se ruait dans la pièce, il buta contre lui. L'homme s'excusa :

— Je vous demande pardon, Monsieur, mais je sortais pour me renseigner. J'avais ordonné qu'on fasse déposer douze sacs de chaux et je n'en vois que dix.

— Au diable les dix sacs, et les douze aussi !

Telle fut la réponse malgracieuse et incompréhensible.

L'ouvrier sembla surpris et essaya de changer de conversation.

— Je viens de voir, Monsieur, que nos gens ont causé un petit dégât, mais le patron, bien sûr, veillera à ce que tout soit réparé à ses frais.

— Que voulez-vous dire ?

— Cette pierre de l'âtre, Monsieur ; quelque idiot a dû dresser dessus un échafaudage et l'a brisée sur toute sa longueur ; elle est pourtant si épaisse qu'on aurait pu penser qu'elle aurait résisté.

Geoffrey fut silencieux un bon moment, puis dit d'une voix contrainte et d'une façon beaucoup plus douce :

— Dites à vos gens que, pour le moment, je ne continue pas les travaux dans le grand hall. Je veux le laisser tel qu'il est pour quelque temps encore.

— Très bien, Monsieur. J'enverrai quelques-uns de nos gars pour enlever cet échafaudage et ces sacs de chaux, et pour nettoyer un petit peu l'endroit.

— Non, non ! dit Geoffrey, laissez-les là où ils se trouvent. J'enverrai vous dire quand vous devrez poursuivre les travaux.

Ainsi le contremaître partit, et fit ce commentaire à son patron :

— J'enverrai la facture, Monsieur, parce que les travaux sont presque terminés. Il me semble que l'argent manque un peu, là-bas.

Une fois ou deux, Delandre chercha à arrêter Brent sur la route, et, comprenant à la longue qu'il ne pourrait atteindre son but, suivit la voiture en criant :

— Qu'est-il arrivé à ma sœur, votre femme ?

Geoffrey fouetta ses chevaux au galop, et Delandre, voyant son visage blême et sa femme effondrée, presque sur le point de s'évanouir, comprit qu'il avait atteint son but.

Aussi il s'éloigna avec un air renfrogné et un rire.

Cette nuit-là, au moment où Geoffrey entrait dans le hall et passait près de la cheminée, il recula brusquement avec un cri étouffé. Puis, avec effort, il se reprit, s'éloigna, et revint avec une lampe. Il se pencha sur la pierre d'âtre cassée pour voir si le clair de lune qui tombait par la fenêtre en surplomb l'avait abusé. Avec un cri d'angoisse, il tomba à genoux.

En effet, au travers de la fente de la pierre brisée, sortait une multitude de cheveux dorés à peine teintés de gris.

Il fut dérangé par le grincement d'une porte, et, se retournant, vit sa femme debout dans l'encadrement. Dans un sursaut de désespoir, pour faire en sorte de cacher sa découverte, il enflamma une allumette à la lampe, se pencha et brûla les cheveux qui sortaient par la pierre cassée. Puis, se levant avec autant de naturel que possible, il feignit la surprise de voir sa femme près de lui.

Dans la semaine qui suivit, il vécut dans une peur atroce. Coïncidence ou non, il ne pouvait jamais se trouver seul dans le hall longtemps. À chacune de ses visites, les cheveux poussaient au travers de la fente, et il était obligé de les surveiller étroitement pour que son terrible secret ne fût pas découvert. Il se mit en quête d'une caisse dans le parc pour y enfermer le corps de la femme assassinée, mais il était toujours interrompu dans ses recherches. Un jour qu'il sortait par le passage privé, sa femme le rencontra et se mit à le questionner, étonnée de ne pas avoir eu connaissance de la clef qu'il lui montrait maintenant à contrecœur. Geoffrey aimait passionnément sa femme, aussi la possibilité qu'elle pût découvrir son affreux secret, ou même qu'elle nourrît à son égard quelque suspicion, le remplit d'angoisse.

Deux jours plus tard, il ne put s'empêcher de conclure que, pour le moins, elle soupçonnait quelque chose.

Ce soir-là, de retour de sa promenade, elle entra dans le hall et le trouva assis, morose, près de la cheminée désertée. Elle lui dit aussitôt :

— Geoffrey, cet individu, Delandre, m'a parlé, et il m'a dit des choses horribles. Il m'a raconté qu'il y a une semaine, sa sœur est revenue à la maison, qu'elle n'est que l'épave et la ruine de ce qu'elle était, qu'elle n'a conservé que ses cheveux dorés comme dans le passé, et elle lui a annoncé son intention de se venger. Il m'a demandé où elle est, et oh ! Geoffrey, elle est morte, elle est morte ! Comment peut-elle donc être de retour ? Oh ! Je suis épouvantée, et je ne sais à qui m'adresser.

Pour toute réponse, Geoffrey se répandit en un torrent de blasphèmes qui la firent frémir. Il maudit Delandre et sa sœur, et toute leur engeance, et lâcha une bordée de jurons contre les cheveux dorés.

— Chut ! Chut ! tais-toi, dit-elle, et puis elle-même se tut, craignant son mari en voyant l'effet de la nouvelle sur son humeur.

Geoffrey, dans la violence de sa colère, se leva et s'écarta de l'âtre ; mais subitement il s'arrêta, quand il vit l'expression de terreur dans les yeux de sa femme. Il suivit son regard et lui aussi frémit, parce que sur la pierre d'âtre cassée se répandait une bande dorée de cheveux dont les pointes se dressaient au travers de la fente.

— Regarde ! regarde ! hurla-t-elle. C'est le fantôme de la morte !

Partons ! et, agrippant son mari par le poignet, avec la frénésie d'une folle, elle l'entraîna hors de la pièce.

Cette nuit, elle fut saisie d'une forte fièvre, le médecin du comté vint immédiatement à son chevet, et il réclama aussitôt par télégraphe une assistance de Londres.

Geoffrey était au désespoir et, dans l'angoisse du danger que sa jeune femme courait, il faillit oublier son propre crime et ses conséquences. Dans la soirée, le médecin dut partir veiller d'autres malades, et laissa Geoffrey s'occuper de sa femme. Ses dernières paroles furent :

— N'oubliez pas ! Faites tout ce qu'elle vous demande jusqu'à mon retour demain matin, ou jusqu'à ce qu'un autre médecin prenne soin d'elle. Ce qu'il faut craindre, c'est une autre commotion. Veillez à ce qu'elle reste au chaud, il n'y a rien d'autre à faire.

Tard dans la soirée, quand tout le reste de la maison se fut couché, Margaret se leva de son lit et appela son mari :

— Viens, dit-elle, allons dans le vieux hall. Je sais d'où vient l'or. Je veux le voir croître.

Geoffrey pensa l'en empêcher, mais, craignant pour sa vie ou sa raison, craignant aussi qu'elle ne se mît à crier son horrible soupçon, et voyant qu'il était inutile de tenter de l'arrêter, il l'enveloppa dans une couverture chaude et l'accompagna jusqu'au vieux hall. Quand ils furent entrés, elle se retourna, ferma la porte et poussa le loquet.

— Nous ne voulons pas d'étranger parmi nous trois ce soir, souffla-t-elle avec un sourire pâle.

— Nous trois ! Mais nous ne sommes que deux ! dit Geoffrey en frémissant. (Mais il eut peur d'en dire davantage.)

— Assieds-toi ici, dit sa femme en éteignant la lumière, assieds-toi, ici, à côté de l'âtre, et regarde l'or qui croît. Le clair de lune argenté en est jaloux ! Regarde comme il avance, l'or, notre or.

Geoffrey, regardant avec une horreur grandissante, s'aperçut que pendant les heures écoulées, les cheveux dorés avaient poussé plus avant au travers de la pierre d'âtre cassée.

Il tenta de les cacher en plaçant les pieds sur la fêlure ; sa femme, tirant une chaise près de lui, se pencha, et posa sa tête sur son épaule.

— Maintenant, ne bouge plus, mon chéri, souffla-t-elle. Ne bougeons plus et regardons. Ainsi nous découvrirons le secret de l'or qui croît.

Il l'entoura de son bras et demeura silencieux ; et pendant que le clair de lune s'avançait sur le sol, elle sombra dans le sommeil.

Il avait peur de la réveiller ; aussi il resta assis, silencieux et misérable, tandis que les heures passaient.

Devant ses yeux remplis d'horreur, les cheveux dorés de la pierre cassée poussaient et poussaient ; et comme ils croissaient, son cœur se refroidissait de plus en plus, jusqu'à ce qu'enfin il n'eût plus la force de bouger, demeurant assis, les yeux pleins de terreur, fixant sa destinée.

Au matin, quand le médecin de Londres arriva, on ne trouva ni Geoffrey ni sa femme. Des recherches furent entreprises dans toutes les pièces du manoir, mais sans succès. Enfin, la grande porte du vieux hall fut fracturée, et alors s'offrit à la vue un spectacle sinistre et affligeant.

Là, près de l'âtre, gisaient assis Geoffrey Brent et sa jeune femme, froids, blancs et morts. Le visage de la jeune femme était paisible et ses yeux étaient fermés par le sommeil ; mais son visage à lui avait une expression qui fit frémir tous ceux qui le virent, parce que, sur ce visage, il y avait un air d'horreur indescriptible. Les yeux étaient ouverts et fixaient d'un regard vitreux ses pieds autour desquels s'enroulaient des tresses de cheveux dorés, parsemés de gris, qui sortaient de la pierre d'âtre cassée.